U0068073

笑談足球

金竟仔、嘉安、戴沙夫　合著

天空數位圖書出版

目錄

01.
兵工廠球星也瘋籃球

文：金竟仔

　　足球和籃球本是風馬牛不相及，不過至少兩者也是全球普及的體育項目，所以不少足球迷也瘋籃球。籃球在足球之鄉的英國不算普及，不過也有不少球星對籃球有興趣，至少兵工廠球星們就同意這一點。

　　NBA 球隊丹佛金塊和印第安納溜馬，於 1 月 12 日晚上在倫敦參與常規賽，結果金塊以 140：112 大勝。張伯倫（Alex Oxlade Chamberlain）、霍丁（Rob Holding）、貝萊林（Hector Bellerin）和詹金森（Carl Jenkinson）等兵工廠球星，就在金塊的賽前訓練時來「探班」。霍丁跟金塊控球後衛穆迪埃（Emmanuel Mudiay）交換兵工廠球衣，而貝萊林更在籃球場大顯腳法，來一招背籃射門，卻居然一射掛網令隊友們高聲歡呼。或許是兵工廠球星們的加持，結果金塊在倫敦大捷而回。

2017 年 2 月

02.
為看愛隊騎車 235 天，
卻沒門票只能泡酒吧

文：金竟仔

　　如果要為心愛的球隊付出，你可以犧牲些什麼？韓國男子Lee Jungyu 就願意為了看利物浦的比賽，從韓國騎自行車到英國，卻因為沒有門票，只能在異鄉的酒吧圓夢。

　　這名來自韓國的李先生，合共花了 235 天的腳程，騎車超過一萬公里，經過中國、俄羅斯和荷蘭等國家，合共花費 5,000 美元，最終在 2 月第一個禮拜到了利物浦。只是他專程到了利物浦，卻買不到門票，只能在當地的酒吧看比賽。更不幸的是利物浦在那場比賽爆冷以 0：2 輸給赫爾城（Hull City），也許沒能進場反而是不幸中的大幸吧。

　　幸好天道酬勤，李先生在利物浦獲英國廣播公司（BBC），邀請到電台節目接受訪問，也因此令利物浦會方得悉他的故事，於是給他一張 2 月 11 日對托特勒姆熱刺的門票，並邀請他參觀主場安菲爾德路球場，這回可算是賺很大了。

2017 年 2 月

03.
球壇名宿裸身闖入球場，
原來因為⋯⋯

文：金竟仔

　　在丹超蘭納斯和錫爾克堡的比賽裡，在下半場時，一名男子裸身闖入了球場，他在場上做出了怪異的行為，甚至在賽場上裸身倒立，這引發了現場的騷亂，比賽也不得不暫停。

　　最後，保安人員出動將他帶離了球場。事後確認，這名鬧事者叫做拉爾斯-埃爾斯特魯普（Lars Elstrup），他其實是一位丹麥名宿，此前代表丹麥國家隊出場過 34 次，踢進 13 球，也是丹麥奪得 1992 年歐洲國家盃、創造丹麥童話的成員之一。

　　不過這位丹麥名將在個性上「離經叛道」（或可稱患精神病），1994 年，他曾經在一所學校前玩弄自己的私處。在退役後，他甚至還試圖自殺，但是沒有成功。2000 年的時候，拉爾斯-埃爾斯特魯普發布了一張裸體照片，表示自己已經得到了治癒，但是看起來並非如此。

2016 年 9 月

04.
走進加彭非洲盃——
趣味與否，在乎你的視覺

文：金竟仔

　　2017 年非洲盃在加彭舉行，目前已進入白熱化階段，筆者同一名前往當地採訪的記者了解箇中點滴，特此與讀者分享一二，部分情節可能出乎意料之外。

　　外界覺得非洲是世界上最落後的大洲，加彭又非最富裕的國家之一，很多同行起初也擔心內陸航班問題。結果，首兩星期的賽事過去，記者們也沒多大怨言，航班起飛的時間比起中國更少誤點，只要你不怕辛苦，基本上能夠一場不少看足小組前兩輪的賽事。

　　加彭政府投資 2.2 億美元興建新球場，也有翻新舊球場，硬件美倫美奐，獲得球圈中人一致好評，不管是 Oyem ， Port Gentil 抑或 Stade de L'Amitie 也達到歐洲一流水平，媒體中心的空間闊落，設備齊全，wi-fi 流暢，行家對此讚不絕口。然而在非洲盃開賽頭兩日，加彭人民上街抗議政府不理民間疾苦，重金打造球場設施，這也是事實。

　　陸上交通是為人詬病的主要問題，一般人前往旅遊的話，若不想被坑被宰的話，最好是與當地人一起乘搭小型客貨車，這跟計程車一樣以路途距離計算車資。相反，如果你選擇乘坐真正的計程車，便要有心理準備成為待宰羔羊，司機會「以貌取人」，判斷你的經濟能力才開價，而且司機也不一定是加彭人，可能是奈及利亞、剛果等不同國家的外來打工仔。筆者的朋友第一天在加彭，乘坐了計程車回飯店，被收了 30 美元，但之後乘坐小型客貨車，折算回美元，還不到兩美元。

　　食物方面，加彭人認為海鮮有毒，主食甚少進食魚類，主要吃肉類和米飯，也會用芭蕉葉包裹肉類一起吃，所以對喜歡

吃魚的朋友來說，肯定感到不是味兒。總結而言，加彭雖然曾經歷了政治動盪，但當地人樂天知命，一線城市的基建並非如外界想像中的落伍，部分現代化的建築物甚至不遜於歐美。

2017 年 2 月

笑談足球☺

05.
對著 C 羅、Bale 脫褲子放屁

文：金竟仔

　　在 10 月 30 日進行的一場西甲比賽中，皇家馬德里隊兵不血刃，在客場以 4：1 大勝了阿拉維斯，遭遇一場失敗可能對阿拉維斯來說並不是太過沉重的打擊，但是主場觀眾的愚蠢行為，或許讓阿拉維斯受到西甲官方的處罰。

　　在 C 羅（Cristiano Ronaldo）慶祝自己的進球時，坐在第一排的一名阿拉維斯球迷卻做出了一個讓人意想不到的舉動，他脫掉了自己的褲子，並且把自己的屁股對準了正在慶祝進球的 C 羅和貝爾（Gareth Bale）。

　　隨後，坐在他旁邊的另一名阿拉維斯球迷也效仿他的做法，脫掉褲子將自己的屁股對準了 C 羅。當時 C 羅正背對著該球迷，不知如果 C 羅看到了這一幕，將會作何感想。對於阿拉維斯球迷的這個舉動，《馬卡報》表示，這個舉動無疑對進球的 C 羅，以及皇馬來說是一種侮辱，球迷的這個不冷靜行為或許會讓阿拉維斯受到反暴力委員會的制裁。

2016 年 11 月

06.
22 年前世界是怎麼樣？

文：金竟仔

　　熱刺在德比戰以 2:0 力克兵工廠，相隔 22 年之後，鐵定在聯賽排名高於同城死敵，一吐烏氣。撫今追昔，其實 22 年前的世界是何等模樣，大概有些事情被人忘了，也有些人被我們忘了。

- 1995 年，英超冠軍得主是布萊克本流浪者（Blackburn Rovers），總教練是 Kenny Dalglish，中鋒 Alan Shearer 以 34 球榮膺射手王。

- 當年聯賽是末代 22 隊的英超，此後正式把球隊數目減至 20 隊，一直維持至今。

- Arsene Wenger 尚未入主兵工廠，當時仍在日本執教名古屋鯨魚，同年歐協盃決賽，槍手被西甲的薩拉戈薩打敗，巧合的是進球者是前熱刺中場 Nayim。

- Dele Alli 尚未降生，Harry Kane 還未到三歲。

- 當年金球獎得主是非洲前鋒 George Weah，Jurgen Klinsmann 名列第二位。熱刺主場擊敗槍手，Klinsmann 也是一分子。

- 當年世界轉會費紀錄保持者是義大利人 Gianluigi Lentini，身價 1,300 萬鎊，由杜里諾轉投 AC 米蘭。同時英國轉會費紀錄保持者是 Andy Cole，曼聯花了 700 萬鎊簽下。

- 巴薩總教練仍是荷蘭球王 Johan Cruyff（現已故）。

- 1995 年 1 月，Eric Cantona 施展「穿心腿」踢水晶宮球迷，被重罰停賽九個月之久。

- 美職聯當時仍未誕生。

- 時任美國總統是 Bill Clinton，22 年後其妻子競選寶座失敗。

- 勵志電影《阿甘正傳》成為奧斯卡大贏家，橫掃「最佳電影」、「最佳男主角」等重要獎項。

- 世界上首部手機 Motorola StarTAC 仍未推出市場，我們停留在大哥大和傳呼機年代。

- 雅虎推出搜索引擎 World Wide Web。

- 蘋果公司收購了賈伯斯（Steve Jobs）旗下的 NeXT，重新並肩作戰，此後更是改變了整個世界的運作。

再過 22 年，你還記得 22 年前讀過這篇文章嗎？

2017 年 5 月

笑談足球⚽
16

07.
三浦知良仍進球，
哪他們在做甚麼呢？

文：金竟仔

　　「不老的傳說」三浦知良越老越得人愛，早前為 FC 橫濱對群馬草津溫泉，以 50 歲零 14 日破門，刷新個人保持的史上最年長進球紀錄，令人佩服得五體投地。看著三浦知良變老的讀者，恐怕已為人父，福氣好的話，甚至兒孫滿堂，但這位年過半百的日本國寶還在綠茵場上馳騁，到底同樣 1967 年出生的同輩球星，今天在做甚麼呢？

Paul Gascoigne（曾效力熱刺、拉齊奧、格拉斯哥流浪）

　　天才中場 Gascoigne 年少成名，一度被視為主宰英格蘭中場十年的指揮官，惜早熟早殘，被名利沖昏頭腦，1995 年登陸蘇超，三年後離隊，自此事業每況愈下，黃昏階段曾到中國球壇，僅踢四場便黯然離開。2004 年退役前，他已被酗酒、賭博等問題纏身，又曾捲入家暴風波，眾叛親離，而且經常在公眾場合做出失態行為，成為英國小報幸災樂禍的對象。

Roberto Baggio（曾效力尤文圖斯、AC 米蘭、佛羅倫薩）

　　一代宗師 Baggio 踢法優雅、射傳皆能，留下數之不盡的金球，曾在 1993 年榮膺世界足球先生，一雙憂鬱的電眼曾經迷倒眾生，獨力為義大利足球帶來大批鐵粉。1994 年世界盃決賽一幕，注定他成為是悲劇英雄，十年後退隱江湖，遠離紅塵，潛心修佛，至今也無意重回足壇執起教鞭或擔任要職。

Iván Zamorano（曾效力國際米蘭、皇家馬德里、塞維利亞）

前智利射手 Zamorano 最為人津津樂道的階段，相信是效力國際米蘭的時候，尤其是讓了成就大羅，不惜讓出 9 號球衣，改穿與別不同的「1+8」號碼。他在國家隊與 Marcelo Salas 組成鋒線雙煞，威力驚人，2003 年掛靴後沉寂一時，近年公開展示任教的野心，目前接手智利 U18，相信未來有望成為國家隊總教練。

Paul Ince（曾效力國際米蘭、利物浦、曼聯）

前曼聯隊長 Ince 因膚色導致生涯充滿爭議，既是英格蘭史上首位黑色隊長，也是首位在頂級聯賽任教的主帥。他以前是防守中場，作風硬朗，2007 年退役打算向教練方面發展，但真正的機會不多，主要執教二三流球隊，自從 2013/14 賽季離開黑池（Blackpool）後，主要參與評論工作。

Claudio Caniggia（曾效力河床、羅馬、阿特蘭大）

外號「風之子」的阿根廷前鋒 Caniggia，以高速聞名，一把長長的秀髮當年是叛逆的象徵，又是馬拉度納的好搭檔，二人在球場上「卿卿我我」令人記憶猶新。他在 1998 年離開博卡青年，意味著事業漸走下坡，2003/04 賽季是職業生涯最後一個賽季，當時身在亞洲的卡達聯賽。

Andrés Escobar（已故哥倫比亞後衞）

他的職業生涯或許沒甚麼顯赫的成就，來到歐洲足壇短短一個賽季就被送走，但在 1994 年世界盃對美國時，這位後衞不幸送了一個烏龍球，直接導致國家隊出局，埋下了「失球送命」的伏線。原來哥倫比亞出局使當地大毒梟賭球時損失大量金錢，一怒之下，決定派人取其性命，年僅 27 歲，英年早逝。當時其葬禮吸引到超過 12 萬人送別，感動人心，後來人們更為他塑造紀念雕像。

看到這幾位與三浦知良同年出生球星之後，大家就會感嘆，命運弄人！

2017 年 3 月

08.
不可不知的羅馬王子小事件

文：金竟仔

　　9 月 27 日是羅馬王子托蒂(Francesco Totti)的 40 歲生日，祝福如東海，壽比南山！如果你是托帝的鐵粉，他下面的 40 件小事件你應該很熟悉；如果你不是他的粉絲，也應該認識一下他為何會成為很多人的偶像了：

1. 托帝來自中產家庭，父母都是羅馬支持者，其偶像是前羅馬隊長 Giuseppe Giannini。

2. 他生於羅馬市，1989 年加入羅馬青年軍，1993 年 3 月首次代表一線隊上陣。

3. 今年在 Facebook 直播生日會，沒被時代淘汰。

4. 2005 年，托帝成家立室，太太 Ilary Blasi 是模特兒兼電視主持，婚禮的嘉賓包括 Antonio Cassano、Bruno Conti 和羅馬市長等。

5. 育有一名公子和兩名千金，分別叫 Cristian、Chanel 和 Isabel。

6. 長子目前效力羅馬青年軍，2014 年首次參與同城德比戰，更成功破門，狼王膝下無犬子。

7. 托帝曾經出版兩本書籍，名為《托帝笑話集》和《托帝笑話集續集》，收入用作兒童慈善機構善款。

8. 他擁有濃濃的口音，而且不懂唱歌。

9. 夏天暑假，他們與典型羅馬家庭一樣，通常前往薩丁島度假，與市中心相距 90 公里。

10. 2001 年，羅馬贏得義甲冠軍，托帝在右臂上紋了羅馬鬥士，像電影《Gladiator》，一度成為社會風潮。

11. 岳母 2007 年成為羅馬市的交通警，當時年屆 50 歲，試過在馬路上執勤。

12. 他在 12 歲差一點加盟同城死敵拉齊奧，幸好母親煞停轉會，避免「禍及一生」。

13. 托帝吮大拇指的慶祝動作皆因他的外號「大男孩」，這是羅馬記者給他起的外號。

14. 16 歲代表一線隊，但第一個進球足足在兩年後才出現，與雷吉納打成 1:1 平手。

15. 他擔任過翼鋒和攻擊中場，2005 年被改造為「9 號半」，重上事業高峰。

16. 1999 年 4 月德比戰，他在傷停補時絕殺，向死敵拉齊奧展示「我要讓你們吃瀉藥」的 T 恤。

17. 2003/04 賽季，羅馬主場大勝尤文圖斯 4:0，托帝伸出四隻手指諷嘲對手。

18. 2005/06 賽季，羅馬作客險勝國際米蘭 3:2，托帝踢進技驚四座的吊射，令人目瞪口呆。

19. 2006/07 賽季，攻進 26 個聯賽進球創下職業生涯新高，並贏得歐洲金靴獎。

20. 1993 年的 U16 歐青賽，他被禁賽無緣決賽，1996 年帶領球隊決賽互射十二碼擊敗西班牙，贏得 U21 歐青賽桂冠。

21. 1998 年 10 月對瑞士，羅馬王子完成大國腳的首秀，兩年取得國際賽進球，對手是葡萄牙。

22. 2000 年歐洲國家盃四強惡戰荷蘭，面對神勇守護神 van der Sar，罰進為人津津樂道的勺子十二碼。

23. 2006 年世界盃，義大利國家隊被人看低之下登上王座，每場比賽他都有上陣，並入選最佳陣容。

24. 2007 年 6 月宣布退出國家隊，當時只有 30 歲，總共上陣 58 場，踢進 9 球。

25. 面對帕爾馬攻入第 107 粒義甲進球，托帝成為隊史的聯賽射手王，那是 2004 年 12 月的往事。

26. 他是羅馬進球紀錄保持者，離開球隊前仍會不斷累積下去。

27. 1998 年，22 歲零 34 日的托帝成為義甲史上最年輕隊長，相信在論資排輩的義大利，短期內難找到第二人。

28. 他是義甲的現役球員射手王，離開義甲前仍會不斷累積下去，也排在義甲歷史總進球榜上排名第二。

29. 40 歲生日之前，他在聯賽的平均進球率是 0.41 球，躋身現役球員前十位。

30. 面對桑普多利亞時破門，使他成為義甲首位連續 23 個賽季進球的球員。

31. 本賽季減薪續約，他的年薪跌至 120 萬歐元，低於 18 名隊友。

32. 他在去年德比戰進球後的自拍慶祝動作，被收進了 FIFA 16 電玩內。

33. 自從 FIFA 96 開始使用真實球員之後，他和 Buffon 是整個系列中，每一集均出現在宣傳視頻的球員。

34. 他在 Monti Rione 區的壁畫，已被拉齊奧球迷破壞，但在 2014 年，鐵粉在王子成長地 Porta Metronia 完成了巨型塗鴉，把當年長髮翩翩的少年刻劃出來。

35. 主場最常見的橫幅是：「No 托帝 No party」。

36. 「我從沒讓任何一位總教練下課，相反，也從沒任何一位我想要的總教練上任。」

37. 「我會把 50% 心思放在家庭，把另外 50% 心思放在足球。」

38. 「我和 Del Piero 一直都是朋友，一直都是，我倆從來沒任何競爭。」

39. 「年輕時想過離開羅馬？老實說，沒有。2003 年我非常接近加盟皇馬，就算真的轉會，也不會是另一支義大利球會。」

40. 「我對每一位女友撒過謊，但永遠不會對羅馬撒謊，永遠不會。」

2018 年 2 月

笑談足球⚽

09.
中日足球差距由此說起

文：金竟仔

2018 年世界盃亞洲區資格賽小組賽，中國隊在 C 組遇上香港，台灣就在 F 組面對西亞及南亞球隊。這是習大大發表「中國足球夢」後，第一個大賽，成功與否，影響久遠……

C 組的中國隊抽得上上籤，最強對手只有卡達，其餘三隊馬爾地夫、不丹和香港也不在同一起步線，難怪中國網民戲謔：「晉級失敗全部挖煤去。」台灣在 F 組志在參與，不計西亞雄獅伊拉克，泰國和印尼也是黑馬（但印尼後來被禁賽），而越南近年的水準上升不少，避免成為「全敗球隊」是腳踏實地的目標。

隨著韓國近年不進則退，日本無疑成為亞洲馬首是瞻的國家，究竟中、日足球的差距有幾大呢？日本足協發表《2015 年宣言》，劍指 2030 年世界盃，目標是晉級四強，並保持在 2050 年前成為世界冠軍的終極理想。本賽季亞冠盃分組賽，日聯球隊鹿島鹿角憑高中生柴崎岳的助攻，打敗「中超曼城」廣州恒大，而國家隊總教練哈利霍季奇直接把超新星擢升上成年隊，棄用大家熟識的元老遠藤保仁。

獲美譽為「日本第一高中生」的柴崎岳，1992 年出生，來自東北地區青森縣，小時候就加入了地方球隊野邊地 SSS，六年級榮膺青森縣小學生足球賽盟主，被當地名校山田高中帶走。柴崎岳讀到初中三年級時，已經領軍奪得全日本初中生錦標賽第二位，2010 年成為全國高中錦標賽亞軍，人氣急升，同一年，鹿島鹿角出手，把他簽下，早在 2012 年已代表成年隊出戰麒麟盃，去年在友誼賽對委內瑞拉踢進處子球。

　　對於「日本第一高中生」的經歷，活在舉國體制下的中國人，感到匪夷所思，他們了解不到校園體育的魅力，了解不到校園足球為何可以培養到新星，也了解不到如何由校園做起。當中國足球推出理想遠大的「改革方案」時，外界最擔心的就是地方官員，為了改善仕途的政績，扭曲上面的政策好意，盲目地進行大白象工程，比方說，各省市目前正在鬥快興建足球場，鬥多、鬥大、鬥美，但到頭來對足運的幫助有幾多呢？

　　日本的發展架構已經確立，行之有效，2015 年亞洲盃名單上，包括長友佑都、岡崎慎司等總共 12 人，就是借助校隊成名，並踏上職業足球路。日本校園足球的全國性賽事分為 U12、U15、U18 及大學足球，但為免與學業產生衝突，並沒有常規性的聯賽，全國高中錦標賽的 48 隊，就是來自五千多所高中的明日之星。

　　商業與運動的關係密不可分，日本的高中聯賽深受歡迎，上座率不俗，配合電視轉播，賽事也得到大品牌的贊助並設有形象大使的角色，去年就是國家隊第一把交椅川島永嗣。更有趣的是，為了吸引年輕人的注目，每年主題歌會邀請當紅歌星主唱，今年就是由大原櫻子負責，甚至把決賽安排在東京國立競技場上演，可見這是全國盛事。

　　中國把足球納入課程，但日本人並沒有這樣做，足球是課外活動或課餘興趣，畢竟，不是人人熱愛足球，沒必要叫其他人一起「受苦」，更何況學生一旦失去興趣，足球就會成為「苦差」。再說，足球是投資的一種，日本只是讓父母多一個選擇

而已，記得 15 歲的長友佑加入私立東福岡高中，單親媽媽四出借錢和身兼多職，為兒子籌校隊費用，世界上沒有免費午餐。

短期內，中國足球教練的數量，應該無法追到學生的數量，而日本就在 21 年前推出計劃，大量培養 C 級教練，保持專業性，以免有人濫竽充數，五年前果然達到九千名 C 級教練的目標。從日本的例子說明，職業球隊的青訓梯隊(日聯球隊的青訓大部分由家長拿出資金支援，負責訓練費、場地費、教練費、旅費等。)，可與校園足球共存，各有各位置，既是互補，也是互利，我們一定要不斷提醒自己——一個健康的社會毋須製造大量的運動專才，運動的目的還是強身健體。

一將功成萬骨枯，假如孤注一擲地發展個別運動，十年後將會產生千千萬萬的「失敗者」。日聯球隊大阪飛腳的 U12，每年會吸納約千五餘人，三年後超過一千人被送走，U18 就剩下 30 人而已。終於，一隊擁有 2% 自家青訓，已經算是空前成功，可見現實的殘酷與無情，也是球星們價值連城的原因。中日足球的差距由校展開始，中國首都北京市 4 月宣布，正式成立北京市校園足球領導小組，研究校展足球的戰略藍圖，大家拭目以待吧！

至於台灣，還有更遠的路要走！

2018 年 2 月

10.
大衛路易斯腳法出眾，
遠程射門皮球直飛籃球網

文：金竟仔

　　切爾西中衛大衛路易斯腳法出眾（當然有時候好得令球隊陷入險象），本身也是籃球愛好者，早前他在訓練基地的水療室進行冷卻療程時，在泳池邊看到一個皮球；當時身穿浴袍和拖鞋的他，竟然一時技癢，把皮球射向掛在泳池另一邊牆的籃球框，皮球竟然應聲入網，令在場的隊友看得傻眼。

　　這麼精彩的場面，居然及時被隊友路夫斯捷克（Ruben Loftus-Cheek）拍下來，放在自己的 Instagram 上，跟他的 64 萬粉絲分享，後來再經由英國和世界媒體瘋傳這段影片，才能大衛路易斯這麼精彩的演出，讓全世界的球迷都能看見。

2017 年 3 月

11.
令人哭笑不得的慶祝進球方式

文：金竟仔

　　慶祝進球的方式有很多種，義甲球隊桑普多利亞中場 Ricky Saponara 則有 99 種慶祝方式，最近他就被迫以一種兒童不宜的方式慶祝。

　　這名義大利國腳中場在一場聯賽的第 99 分鐘才進球，協助桑普多利亞以 2：2 逼和拉齊歐。Saponara 進球後衝進球迷區慶祝，豈料他的褲子和內褲都被熱情的球迷拉下來，令他露出渾圓的屁股，這一切都透過電視和相片呈現在世人面前。不過 Saponara 很大方的在 Instagram PO 出這張相片，還說這是第 99 種慶祝方式，實在令人哭笑不得。

2019 年 1 月

12.
回憶是最美好的

文：金竟仔

　　人到了一個年紀就喜歡回想昔日的美好時光，特別是希望跟以往的老朋友重聚吃飯的機會也很少，就令人更珍惜可以相聚的時光。

　　曾經為法國奪得首次世界盃冠軍的球王席丹(Zidane)，最近就跟九名 20 年一起成為世界冠軍的舊隊友相聚吃飯，比如是 Lilian Thuram、Bixente Lizarazu 和 Laurent Blanc，連早已遠離球迷視線的 Vincent Candela 和 Alain Boghossian 等綠葉球員也有出席，球迷也可以藉此看一下這些昔日名將如今的風采，當中的名將大家還記得有誰呢？

　　當天出席球員有：Zidane、Thuram、Lizarazu、Blanc、Candela 、Boghossian、Karembeu、Diomede、Dugarry

2019 年 1 月

13.
悲慘的守門員

文：金竟仔

　　門將是一個很慘的位置，除了每次比賽每一支球隊只有一名門將可以上場，而且就算在全場比賽作出多次精彩撲救，只要犯錯一次導致球隊失球甚至輸球，就肯定被責備為罪人。如果在這背景之下還要犯下低級失誤，那就更難免被外界恥笑了。

　　英格蘭冠軍聯賽球隊 Preston North End 的門將 Declan Rudd 在聯賽面對對手的遠距離射門，眼看皮球軟弱無力，雙手拿下是輕易的事，Rudd 竟然判斷失誤接了空氣，讓皮球從胯下進了網窩，最終令球隊大敗而回，賽後自然被不安好心的英國媒體把這樁醜事大肆宣揚。

2019 年 1 月

14.
梅西的豪華飛機

文：金竟仔

　　有錢人的玩意特別多，喜歡的時候買豪宅、香車和美人來玩玩，看起來輕鬆平常。梅西身為家財萬貫的球王，自然也有他喜歡的奢侈品。

　　最近，他花了 1,200 萬英鎊購買超級豪華的私人飛機，消息指這隻飛機的名稱是「10」，正好是梅球王的專屬號碼。而且飛機樓梯每一層都分別寫上自己、老婆和三個兒子的名字，踏上台階走進飛機艙，就可以看到有 16 個超級豪華的座位，機艙也可以擺放八張床，同時配備兩個洗手間和一個廚房。很想坐吧？

2019 年 1 月

15.
第 12 人影響很大

文：金竟仔

足球是 11 人和另外 11 人對決的運動,不過發展下來就有「第 12 人」影響比賽的說法。

荷蘭甲級聯賽的球迷最近將「第 12 人」的因素發揮到極致,事緣傳統強隊 Feyenoord 早前在主場迎戰上屆冠軍 PSV Eindhoven,Feyenoord 在 74 分鐘的時候以 2:1 領先,PSV Eindhoven 卻有一次絕佳射門機會,這時居然有球迷把另一個皮球扔進場內,按球例來說比賽必須暫停,令 PSV Eindhoven 白白失去射門機會。

最終 PSV Eindhoven 也沒能進球追回比分,球迷的奸計終能得逞,不過這種違反體育精神的奧步恐怕會令球隊受罰。

2018 年 12 月

16.
以牙還牙

文：金竟仔

　　相信不少上班族也有被老闆辭退的經驗吧，當知道被辭退的噩耗時，也許有人會動腦筋想想如何報復，德國籍教練 Markus Kay 就想到「以牙還牙」。

　　Kay 沒辦法率領德國第五級球隊 TV Jahn Hiesfield 保級，於是球會主席 Dietrich Hulsemann 透過短訊通知 Kay 和他的教練團不用再幹了，還諷刺對方說應該給他們釣魚竿，因為他們在比賽時只懂像釣魚翁般坐著。

　　結果 Kay 在丟了工作前的最後一場賽事竟然真的穿著釣魚裝，還拿著一根釣魚竿，悠閒地坐在場邊看著球隊以 1：5 慘敗。Kay 在賽後表示主席在最近三周完全不與他們對話，只以短訊通知他們被辭退是很不尊重，所以在岳丈的建議下穿成這樣領軍以示抗議。

2019 年 6 月

17.
偶像也有偶像

文：金竟仔

　　譽為網球界「四大滿貫」之一的法國網球公開賽早前開打，史上最強的網球員 Roger Federer 縱然已經年屆 37 歲，卻仍然有力一戰。本身也是足球迷的 Federer 也有明星級粉絲，這名粉絲就是法國國家隊首席中鋒 Kylian Mbappe。

　　Mbappe 趁著 Federer 在法國參加比賽，於是跟 Federer 會面還把印上自己名字的法國隊球衣送給 Federer，Federer 也把二人合照上載於 Instagram，並表示慶幸能跟 Mbappe 見面，盡顯英雄相互敬重的氣魄。

2019 年 6 月

18.
兒子穿上敵對球褲

文：金竟仔

　　貝克漢縱然已經退役了六年，還是足球世界最閃亮的明星，唯一可惜的是他的三名兒子沒有他的足球天分，已經長大成人的他們都沒有成為職業足球員，不過還是在閒時跟老爸一起踢球。

　　早前貝克漢父子四人一起穿著曼聯球衣踢球，不過本身是曼聯宿敵兵工廠球迷的次子 Romeo 竟然「身在曹營心在漢」，上身穿了曼聯球衣的同時，卻穿上了兵工廠的球褲亮相！當然其實貝克漢本尊以往也曾多次在兵工廠穿著「廠衣」跟隨操練，所以 Romeo 此舉不會傷了老爸的心，反而是曼聯死忠粉絲會恨得牙癢癢吧！

2019 年 6 月

19.
父子對決

文：金竟仔

　　在足球場上出現父子對戰已非新鮮事，不過如果是兒子進球壞了父親大事，那就可能非常尷尬了。委內瑞拉聯賽早前進行賽季常規賽最後一場比賽，Giancarlo Maldonado 效力的 Deportivo Tachira 作客父親 Carlos Maldonaldo 擔任總教練的 Puerto Cabello。

　　Cabello 在下半場即將完結時還是以 2：1 領先，如果取勝的話就可以晉級季後賽。不過 Giancarlo 在補時階段進球，將比分追成 2：2，可是 Giancarlo 不僅沒有慶祝，還在進球後掩面痛哭，因為這進球可能壞了父親大事。

　　其實如果 Tachira 再進一球反敗為勝也有機會晉級季後賽，可惜最終比分停留在 2：2，令雙方都無緣打進季後賽，也許 Giancarlo 回家後要接受父親的懲罰了。

2019 年 5 月

20.
父子趣事

文：金竟仔

梅西雖然在本賽季首次以隊長身分率領巴塞隆納奪得西甲錦標，可是在歐冠遭利物浦驚天大逆轉之下痛失錦標。早前梅西接受阿根廷電視台訪問時透露，次子 Mateo 竟然故意提及老爸的傷心事！

梅西表示早前跟 Mateo 玩足球電動時，Mateo 居然表示：「我選擇使用利物浦，因為他們打敗了你！」。而且這情況原來已經不是第一次發生，梅西還說 Mateo 在巴塞隆納在西班牙盃決賽被瓦倫西亞擊敗後，竟然跟他說「瓦倫西亞擊敗你了！耶！」相比起輸球痛失錦標，相信這樣令梅西更難受吧。

不過 Mateo 也有幫助老爸的時候，梅西補充說其實 Mateo 就是這樣子，因為當 Mateo 在電視看到皇家馬德里遭對手射進球時，也是這樣揶揄本身是皇馬球迷的哥哥 Thiago，這樣總算是跟老爸報仇了吧！

2019 年 6 月

21.
C羅納度耍大牌？

文：金竟仔

　　C羅納度在金球獎選舉不僅被死敵梅西擊敗，而且本屆連三甲也沒能入圍，所以索性沒有出席頒獎禮，當然缺席的另一個原因是義大利足壇在同時舉行年度頒獎禮，C羅獲得「年度最佳球員獎」，所以在分身不瑕的情況之下，當然要出席有獲獎的那一邊吧！

　　不過根據當地知名球評人 Tancredi Palmeri 透露，C羅竟然在頒獎禮上耍大牌！Palmeri 表示 C羅在頒獎禮期間一直待在自己的車上，等到差不多領獎的時候才進會場，而且還在進場期間由護衛隊包圍著，護衛隊更拿出手電筒照著想拍照的攝影記者。當然這只是 Palmeri 的一面之詞，是否真有其事恐怕只有在場人士才可知曉。

2019 年 12 月

22.
十二碼的怪動作不一定有用

文：金竟仔

　　互射十二碼球對球員的心理狀態是莫大考驗，因此在主射十二碼球前，主射的球員和門將也會互相做一些小動作影響對手的心理狀態，不過有時候「做多了」便會適得其反。

　　近日巴西一項名為「綠盃」的賽事舉行決賽，由巴丙球隊 Paysandu 對戰巴乙球隊 Ciuaba，雙方兩回合比賽打和，要以互射十二碼決勝，首四輪雙方皆射進了。Caique Oliveira 為 Paysandu 主射第五輪 12 球，這名 28 歲後衛花了很長時間慢慢從十二碼點走到禁區外，再從禁區外慢慢走回十二碼點，在主射之前還停了一秒，連觀眾也看得不耐煩。

　　不過 Caique 卻在沒有助跑之下一腳把皮球射偏，結果 Ciuaba 以 5：4 贏得冠軍，Caique 也成為全球球迷的笑柄。

2019 年 11 月

23.
房事對球員有影響嗎？
文：金竟仔

　　房事到底對球員有正面還是負面影響，不同的人對這課題有不同的答案，不過國際米蘭總教練 Antonio Conte 肯定不想球員愛愛太多，早前甚至在專訪中透露希望球員「愛」得愈省力愈好。

　　Conte 表示自己曾經是球員，所以知道愛愛對球員的表現有什麼影響，因此告誡球員盡量愈短愈好，而且不要做太多多餘的動作，最好是躺著讓女伴騎上，伴侶方面也不要太多，因為太多的話便愈興奮，愈興奮便愈費力，所以最好只跟老婆或女朋友愛就行。

　　國際米蘭本賽季在義甲和歐冠表現出色，特別是 Romelu Lukaku 加盟後表現脫胎換骨，或許就是聽了 Conte 的話，Lautaro Martinez 就承認 Conte 真的這樣說，他也因此獲得了良好的表現。

2019 年 11 月

24.
為年輕人作榜樣

文：金竟仔

　　曾經以踢法勇悍令英超戰將聞風喪膽的前威爾斯國腳 Robbie Savage，雖然已經離開職業足球長達八年，而且年屆 45 歲，近日卻突然在英格蘭第十級聯賽球隊 Stockport Town 復出，在一場西北郡聯賽最後十分鐘上場，協助球隊取勝。

　　身材比以往明顯發福不少的 Robbie Savage 當然不能再跟以往效力萊斯特城和布萊克林流浪時作出勇悍攔截，不過他希望透過這次復出，讓一些被球會放棄沒有球踢的年輕人可以重拾對足球的熱情，正如當年自己被曼聯放棄後仍然努力發展足球事業，成為英超和威爾斯國家隊史上其中一名代表性人物。

2019 年 11 月

25.
還了欠下十年的照片債

文：金竟仔

　　所謂君子報仇十年未晚，如果要還債的話，十年後再兌現也不算太晚。《法國足球》舉辦的金球獎早前順利舉行，梅西破天荒第六次獲獎，不過這次故事的主角不是他，而是沒有獲獎卻出席的嘉賓 Kylian Mbappe 和主持頒獎的前切爾西前鋒 Didier Drogba。

　　事件是十年前 Mbappe 以切爾西學徒球員身分到現場觀看切爾西對巴塞隆納的歐冠四強次回合賽事，比賽結束後 Mbappe 希望跟 Drogba 合照，可是由於當時 Drogba 為了挪威籍裁判 Ovrebo 的不公裁決而非常火大，並向電視直播錄影機大叫「fxxking disgrace」，所以最終拒絕了 Mbappe 的請求。

　　豈料十年後的今天 Mbappe 已成為贏過世界盃的球星，並跟 Drogba 在頒獎禮憶起這段往事，於是 Drogba 這次終於拿起手機跟 Mbappe 一起自拍，了卻十年前欠 Mbappe 的照片債。

2019 年 12 月

26.
超級賽亞人基格納

文：嘉安

　　球員慶祝的動作千奇百怪，但如何慶祝先最夠搶眼呢？不妨參考一下法國國腳 André-Pierre Gignac。這位 30 歲的射手目前效力墨西哥超級聯賽球會堤格雷斯（Tigres UANL），最近在聯賽進了一球世界波之後扮成漫畫《龍珠》內的超級賽亞人，即場擺出龜波氣功慶祝，完美展現賽亞人的霸氣，好厲害呀！

　　這次賽事是在堤格雷斯對 CF 阿美利加（Club de Fútbol América），最終前者以 4:1 取勝。染了一頭金髮的 Gignac 為堤格雷斯射進 3：1 之後，馬上跑到場邊裝腔作勢扮成超級賽亞人，然後又模仿龜波氣功的出招姿勢，向心愛的日本漫畫《龍珠》致敬。由於他的動作一氣呵成又有趣，引來不少球迷在網上改圖，利用二次創作宣揚這次霸氣的慶祝。

　　難得的是 Gignac 意猶未盡，後來在個人 Twitter 上貼圖繼續慶祝，打上 Came Came Ha!（龜波氣功日文音譯，正寫應為 Came Hame Ha）。

　　不要以為 Gignac 只是迷漫畫的球員，事實上他在去年夏天轉會至墨西哥超級聯賽球會堤格雷斯，然後 24 次聯賽上陣為球隊射進 19 球，助球隊贏得 2015 年春季聯賽季後賽冠軍，即使離開法甲球會馬賽之後依然入選法國國家隊。球迷們不妨繼續為這位超級賽亞人打氣，或許今年夏天歐洲國家盃決賽圈在法國上演時，又到 Gignac 扮演法國救世主啦，進球假扮超級賽亞人慶祝啦。

2016 年 3 月

27.
跟英超主帥一樣？你也可以！

文：嘉安

　　英超身為全球最賺錢的足球聯賽，參與當中的主帥和球星們，自然全部都是腰纏萬貫的大富翁。在這樣的背景之下，除了給外界一種明星的感覺，還跟一般人建立起隔膜。不過英超主帥除了吃喝撒拉，有時候也活得跟平凡人沒兩樣，比如說佩帶廉價手錶。

　　早前執教斯旺西的美國籍主帥布拉特利（Bob Bradley），在場上指揮球隊作戰的時候，佩帶的手錶就是價錢只有 40 英鎊（1,580 新台幣）的 Timex Ironman 100 Classic。當然這名剛被炒魷魚的老帥，應該不是只有這一隻手錶，不過夠膽佩戴這麼平民的錶出席大場面，某程度上也拉近跟球迷的距離吧。

　　除了布拉特利，斯托克城主帥休斯（Mark Hughes）和伯恩茅斯霍維（Eddie Howe），在手錶的追求上看來也不會抗拒便宜貨。休斯佩戴的運動手錶 Polar V800，市價也「只」是 339 英鎊（1.34 萬新台幣）。霍維的 Apple Watch 也只是 399 英鎊（1.57 萬新台幣）就可買到。

　　當然其他英超主帥的手錶，就跟他們的薪水一樣昂貴。伯恩利仍然身陷降級區，但主帥戴治（Sean Dyche）佩戴的百達翡麗 5990/1A 名貴手錶，價錢高達 4.5 萬英鎊（177.6 萬新台幣），恐怕對 22K 族來說是遙不可及。

英超主帥手錶價格：

1. 戴治（伯恩利）：4.5 萬英鎊
2. 科曼（埃弗頓）：3.6 萬英鎊

3. 莫耶斯（桑德蘭）：3 萬英鎊

4. 阿勒代斯（水晶宮）：2.8 萬英鎊

5. 穆里尼奧（曼聯）：2.5 萬英鎊

6. 佩里斯（西布朗維奇）：1.6 萬英鎊

7. 孔蒂（切爾西）、卡蘭卡（米德爾斯堡）：1 萬英鎊

8. 費倫（赫爾城）：8,900 英鎊

9. 波切蒂諾（熱刺）、溫格（兵工廠）：8,350 英鎊

10. 普埃爾（南安普頓）：7,900 英鎊

11. 比利奇（西漢姆聯）：6,000 英鎊

12. 克洛普（利物浦）、馬扎里（沃特福特）、拉涅利（萊斯特城）：4,000 英鎊

13. 瓜迪奧拉（曼城）：1,900 英鎊

14. 霍維（伯恩茅斯）：399 英鎊

15. 休斯（斯托克城）：339 英鎊

16. 布拉德利（斯旺西，已離任）：40 英鎊

2017 年 1 月

笑談足球☺

28.
運動員的正名

文：嘉安

里約奧運曲終人散，四年一度的盛事，是不少頂尖運動員夢想踏入的殿堂。月前一部美、德合拍電影《Eddie the Eagles》（飛躍奇蹟），故事以 1988 年英國跳台滑雪選手 Eddie Edward 作故事背景，資質不高的他，夢想卻比天高，希望代表國家參與奧運。故事正交待他實現夢想的起點終站，典型的勵志片劇情。

運動員的夢想很單純，但現代的體育競賽卻不單純。電影中阻礙 Eddie 踏入夢想殿堂的最大圍牆，不是自身極限，卻是國家隊的門檻。誠如香港財政司司長曾俊華，曾在網誌撰文道：「體育運動都是一門大生意，相關產業非常龐大，除了運動員本身吸金力強大，整條產業鏈也能帶動廣告宣傳、賽事統籌、體育用品，甚至飲食、旅遊、飯店等等，可以產生巨大的經濟效益。」

英國奧委會不願 Eddie 入選的原因，在於他的商業價值未達要求。因為跳台滑雪在英不是熱門項門，關注度低，投資數以百萬到一個運動員身上，回報率成疑，故對他處處留難。最終 Eddie 能否如願參賽正名？過程如何？筆者不在此劇透。然而，電影往往取材現實，現實同樣存在表現優秀，卻因非主流，只能在體壇默默散發暗香的例子。

香港「神奇小子」曹星如，如今在港可謂無人不曉，出道至今，連續 19 場不敗的紀錄成一時佳話。但如此出眾的成績，公認傑出的運動員，卻不獲入選香港精英運動員之列，港協暨奧委會解釋，因為他並非拳擊總會的會員，故沒有資格入圍，所言盡顯建制小圈子的情景，其實也符合香港的政制文化。曹

星如業餘打上國際擂台，揮灑無數血汗，如今總算打響名堂，
為自己正名。但不是每人的經歷都能像他或 Eddie 般勵志。

　　筆者當體育記者時，最深刻的一次經歷，是訪問香港唯一
殘奧舉重運動員林豔紅。先天患有小兒麻痺症，長大後更經歷
一次車禍。面對種種的不幸，林豔紅咬緊牙關，紮穩馬步，「1、
2、3」，像舉啞鈴般渡過。不過啞鈴雖重亦不及生活擔子重。
即使作為港隊代表，但其實恆常訓練不足，要保持狀態就要自
資到外訓練和比賽，更荒唐是比賽勝出時，比賽獎金要親自申
請才有，平均只有二千港元。更莫論退役後，長年訓練導致五
勞七傷，醫療費用都要自己獨力負擔。如此情況，其實在冷門
的體育項目均屢見不鮮。

　　當然，選擇做運動員的路途在世界各地都難行，無人保證
飛黃騰達，或者是家傳戶曉，都是預期內的事。但賽場的風采
背後，往往流出能填滿一海的血汗，穩如石山的堅持。多一份
尊重和欣賞，或者是作為觀眾能給予這些運動員最大的鼓勵，
也是奧運競賽最核心的價值。

2016 年 8 月

笑談足球

29.
鄰居太吵怎麼辦？
梅西乾脆買了他們的房子！

文：嘉安

　　好鄰居的確很難求，因為只要你的鄰居發出超大的聲浪，縱然可以向警察投訴，也已經對自己和家人造成滋擾。球王梅西原來也有過這種煩惱，他的巴薩隊友拉基蒂奇（Ivan Rakitic）早前透露，梅西因為想遠離吵耳的鄰居，居然還買了隔壁的房子。

　　拉基蒂奇在克羅埃西亞傳媒的訪問中提到，梅西住在 Castelldefels 富人區，原本是希望跟家人過一下舒適恬靜的生活。只是當地的富人卻不這樣想，他們寧願把房子出租，據說租客當中有不少人是粗暴和吵鬧的人。

　　梅西本來想在家外築起圍牆擋住這些鄰居，只是當地的法例不容許，所以索性把隔壁的房子也買了。不過拉基蒂奇在訪問中表示，他沒有住進那區，也沒有像梅西一樣受鄰居騷擾，這是否暗示沒有跟梅西做鄰居是好事？

2017 年 2 月

30.
錄影技術協助執法將出現在國際賽事

文：嘉安

國際足聯確認，在 9 月 2 日義大利主場對陣法國的友誼賽中，將首次在國際比賽中正式使用錄影重播技術。在比賽的過程中，會有一名專門的裁判在邊線外觀看視頻重播，並對爭議判罰進行判斷。

而在觀看錄影的裁判會隨時同主裁判進行溝通，而不必打斷比賽，這樣可以保證比賽的節奏不會因錄影重播而斷斷續續。目前，這種技術已經在美國第三級別聯賽中進行試驗，義大利足協對於這一技術也非常支援，未來兩個賽季的義大利賽事中，很可能也將出現這樣的高科技技術。

這是 FIFA 主席因凡蒂諾（Gianni Infantino）力推的新規則之一，同樣也得到了國際足球理事會的支持。隨著科技的越發進步，越來越多的運動專案已經運用了錄影重播的技術。網球、羽毛球和排球等運動，都已經因為重播技術的出現，發生了天翻地覆的變化。

FIFA 推出錄影重播技術的初衷，也正是避免爭議判罰對於比賽的影響。不過，相信這一規則還需要經過一段時間的試驗，距離在全球範圍推廣尚需時日。

2016 年 8 月

31.
如果在球場上很急該怎麼辦

文：嘉安

所謂「百忍成金」，唯獨人有三急，忍無可忍，但在眾目睽睽的場所，又沒有可如廁的地方，我們又該怎麼辦呢？

話說蘇格蘭西部超級聯賽，Shotts Bon Accord 官方證實，守門員 Gary Whyte 在比賽時小解，被裁判驅逐離場，總教練 John Fallon 怒不可遏。

Gary Whyte 當日比賽來到 72 分鐘時，實在按捺不住，曾向主裁判要求暫時離場方便、方便，但主裁判堅持不能暫停比賽，又不能容許其中方一隊暫時沒有門將。

終於，Gary Whyte 眼看皮球飛出底線後，馬上跳到廣告板後，完成「解放」，全身放鬆，豈料回到崗位之後，卻被出示紅牌。

Shotts Bon Accord 上上下下對紅牌大惑不解，嚴重不滿，即使以 1:0 獲得勝利，仍然透過社交網表達怒火。

事實上，足球員在球場內小解，過往屢見不鮮，這次可能是首次有人被罰下。例如前阿森納門將萊曼 2009 年效力斯圖加特時，更在歐冠比賽尿尿，情況如 Gary Whyte 相差無幾。

認真點說，由於足球比賽被換出的球員，無法再次進場，假如球員不該在場內小解，我們又是否需要重新審視足球規則，讓死死的條文達到情理兼備？

2017 年 2 月

32.
克勞奇姑娘踢足球

文：嘉安

　　假髮、長裙、化妝，為慈善犧牲色相，原來不只是女人專利。有誰想過斯托克城前鋒克勞奇（Peter Crouch）可以左變右變，為慈善活動化身女人，真的令人又驚又喜！

　　到底這是甚麼活動？原來是英國BBC麾下的《體育公益》（Sport Relief）活動，屬於兩年一度盛事，足球壇及娛樂圈名人都會參加表演，為貧窮及弱勢人士籌款。今年運動員名單，包括克勞奇、里奧費迪南德、伊恩賴特、還有英國體操選手Louis Smith等。不過，眾人之中以克勞奇最為落力，他和英國著名諧星David Walliams為慈善豁出去，一起搭檔假扮女人。

　　回看斯托克城官方 Twitter 圖片，克勞奇上身穿上古典襯衫，下身是碎花長裙，化妝更是重手筆地塗上重重眼影，髮型變鬈再加上橘色羽毛頭飾，真的令人又驚又喜，如果不說還以為是近期電影《丹麥女孩》的造型上身！不過克勞奇百密一疏，假裝女人但不刮鬚子，這份嬌俏真係令人吃不消。究竟克勞奇是否忘記了向他的漂亮模特兒妻子Abbey Clancy取經，以致最終扮相驚嚇有餘、驚艷不足？

　　除了衣着打扮之外，克勞奇還要向 David Walliams 學習「淑女儀態」和搞笑演技。雖然克勞奇咀巴很密，不願透露表演內容，但相片中看到他們走去球場預演，克勞奇穿起長裙控球，應該仍是跟足球有關吧⋯⋯

2016 年 3 月

33.
內馬爾兌現諾諾，
紋上奧運標誌

文：嘉安

在奧運男足決賽中，內馬爾（Neymar）成了巴西奪冠的關鍵先生。他用自由球為巴西破門，並且踢進了制勝十二碼。在奧運男足比賽結束後，內馬爾兌現承諾，他在左手腕處紋上了奧運 Logo。

在奧運開始前，內馬爾就曾透露，他和拉菲尼亞（Rafael）一起許下了諾言。如果能幫助巴西奪冠的話，他們會一起把奧運五環的標緻紋在身上。如今，內馬爾兌現了承諾。內馬爾自己在社交網路上發了圖，他在左手腕處紋上了「里約 2016」的字樣和奧運五環標誌在發圖時，內馬爾還發了一句葡萄牙語：「銘記一生……」

這次奧運奪冠，是巴西史上首次贏得奧運男足金牌，也使得巴西完成了足壇榮譽上的大滿貫。承擔著巨大壓力的內馬爾，在踢進制勝十二碼球後甚至放聲痛哭。內馬爾曬紋身，但髮型卻意外引發熱議。從圖上不難看出，內馬爾把黑髮染成了灰金色，這與梅西（Lionel Messi）目前的頭髮顏色相當一致。

2016 年 8 月

34.
切爾西神奇小便斗

文：嘉安

養傷中的切爾西隊長泰瑞恐怕會缺席周中歐冠聯對巴黎聖日耳曼的賽事，不過他最近又成為新聞人物。因為他在出席倫敦足球頒獎禮時接受訪問，談及切爾西隊中的「集體迷信」習慣——共用一個小便斗。

球場迷信習慣千奇百趣，有守門員喜歡在柱上塗豬油希望皮球較難射進，德國射手克洛澤喜歡每次入場時右腳先踩上草皮，德國守將博亞騰總是習慣先穿右腳鞋襪才穿左腳，不一而足。

至於切爾西的迷信，源自一個「神奇小便斗」。原來此事早在數年前存在，當時蘭帕德（Frank Lampard）及阿許利科爾（Ashley Cole）仍然在陣中。到底為何他們會共用一個小便斗？原來始作俑者正是泰瑞，他說：「在切爾西的主場更衣室之中，有三個小便斗。有一次我和蘭帕德共用一個小便斗，之後上陣比賽就贏球了，於是我們便開始了這個習慣。」

無聊又有趣的事情就在此後發生了，話說接下來一星期，泰瑞、蘭帕德、阿許利科爾都在同一個小便斗小便。隊友聽到之後依樣畫葫蘆，人數增加至四至五個人。直到現在這個「集體迷信」仍然生效，阿茲皮庫塔、法布雷加斯都加入其中，令到小便人龍越來越長。幾個月前，切爾西祕書告知隊友收到英國足總幾次投訴，都是因為切爾西球員在比賽前遲了出更衣室。只是泰瑞苦笑說：「恕我不能如實相告，難道我跟他們說遲到的原因，是我們都在排隊等小便？」

經過季初低潮之後，切爾西在暫代總教練希汀克手上重回正軌，未知這個「神奇小便斗」是否又一次發揮效用？

2016 年 3 月

35.
土耳其聯賽球員向裁判發紅牌！

文：嘉安

如果球員不服裁判判決，可以有哪些方法回應？正常途徑，可能是上訴至足協裁判小組反映不滿，不過土耳其球隊特拉布宗（Trabzonspor）後衛 Salih Dursun 選擇用自己的方式還擊。他在比賽中途不滿裁判向己隊發出第三面紅牌兼輸掉十二碼，竟然一怒之下搶掉裁判的紅牌，然後再佯裝向裁判出示紅牌抗議，結果他被裁判真正出示紅牌驅趕出場，最終球隊七人應戰之下，以 1:2 負於主隊加拉塔薩雷。

這次球員紅牌驅趕裁判的風波，比賽為土耳其超級聯賽加拉塔薩雷主場對特拉布宗。當時兩隊踢成 1:1，不過特拉布宗已經有兩名球員被趕出場。比賽去到 86 分鐘，特拉布宗後衛疑似禁區內犯規，裁判 Deniz Ates Bitnel 直指十二碼外，更拔出第三張紅牌逐該名後衛離場。

特拉布宗球員紛紛圍著裁判理論不果，守將 Salih Dursu 怒上心頭，將裁判剛出示的紅牌搶走，然後向這位被認為執法偏頗的裁判展示紅牌。最後當然是 Salih Dursu 領受紅牌離場，成為本場第四位被逐的球員，球隊也被加拉塔薩雷射入十二碼以 1:2 敗走收場。

賽後特拉布宗在官方 Twitter 批評裁判，寫上「土耳其足球黑暗一夜」來諷刺此事，及後會長馬 Muharrem Usta 及守將 Salih Dursu 更高調召開記者會聲討足總。有趣事情未完，大批特拉布宗球迷因為支持球隊走上街頭抗議，走到特拉布宗的土耳其足總的特拉布宗地區分部門口聚集，眾人紛紛高舉紅牌示意支持愛隊。特拉布宗連番行為，未知會否遭到土耳其足總高層秋後算帳……？

2016 年 2 月

36.
94 歲老球迷圓夢

文：嘉安

　　每一個人總有屬於自己的夢想，不管是九歲還是 90 歲的人，「只要有夢想，凡事可成真」。英國中部有一名球迷叫 Roy Prentice，他是英格蘭乙級聯賽球隊 Notts County 的球迷，縱使他已經年屆 94 歲，而且患有失智症，不過還是不斷跟老人院員工說他的夢想是在 Notts County 的主場進球。結果球隊早前讓他夢想成真，在一場聯賽半場休息時安排他進入球場，雖然 Roy 伯伯需要別人攙扶才能站立，而且第一次嘗試踢 12 碼也沒能命中球門，可是他在第二次射門終於成功，讓這名古稀老人興奮得幾乎站不起來。他的家人表示也許他轉眼就忘記這愉快時刻，不過他將可以從影片回顧這個經典片段。

2018 年 10 月

37.
Neymar 的偶像

文：嘉安

　　巴西當家球星 Neymar 是所有巴西人的偶像，其實天皇巨星也有屬於自己的偶像，而電影中的英雄角色，似乎就是他的偶像。早前 Neymar 在背上增添刺青，還一口氣紋上兩個圖案，分別是蜘蛛俠和蝙蝠俠，他還將刺青時拍下的照片上傳於自己的 Instagram 上與粉絲分享，相信他的粉絲會相當高興。

　　他沒有說明為什麼要紋上這兩個動畫英雄角色，不過或許是暗示他就像英雄一樣在球場上背負重任。當然對於 26 歲的 Neymar 來說，在兩屆世界盃皆沒能為巴西贏得錦標，在巴黎聖日曼還沒能贏得歐冠，看來要成為英雄，他必須再努力取得冠軍才可。

2018 年 10 月

38.
不一樣的射十二碼方式

文：嘉安

　　射十二碼的方法可以有很多種，當然不論是怒射左右死角掛網，還是陰柔地把球撥向門柱邊，只要能進球就是好方法。俄羅斯一名年青球員 Norik Avdalyan 最近卻不甘平凡，於是在俄羅斯學生聯賽主射十二碼時，先以右腳把皮球送到球門右邊下方死角，射完後竟然立即來一個 360 度空翻，皮球還沒進網窩就先以這種方式慶祝。當皮球進入網窩後，他也及時完成空翻站在原地，確認皮球進了後就再跟隊友慶祝。相關影片在全球引起廣泛報道和回響，點擊率在比賽後首周已突破 50 萬次，連俄羅斯足協在官網也引用，確實相當厲害。

2018 年 10 月

39.
伊布充滿魅力

文：嘉安

　　有一種球星，就是走到哪裡，都可以成為眾人焦點。效力洛杉磯銀河的瑞典老槍王 Zlatan Ibrahimovic，就是這麼一個具影響力的足球明星。「伊布」早前到洛杉磯的 Staples Center 擔任冰球聯賽球隊 LA Kings 的比賽開球嘉賓，甫一進場就立即受到全場球迷歡迎，然後還在冰塊球場中央把小皮球踢向觀眾席當作紀念品，令粉絲非常開心。在看球期間，「伊布」還跟 LA Kings 的吉祥物 Bailey 大開玩笑，玩得不亦樂乎。

2018 年 10 月

40.
希望囚犯成為職業球員

文：嘉安

一個人若犯罪進了監獄吃過牢飯，看起來應該是前途盡毀了。不過前兵工廠副會長 David Dein 和西漢姆聯並不是這樣想，而且將透過足球協助英國囚犯更新，成為首支與監獄建立合作計劃的英超球隊。

活動發起人 Dein 表示曾到訪過 106 所英國監獄，發現幾乎所有囚犯都喜歡足球，所以希望透過英超球隊派遣教練訓練一下，就可以幫助他們在出獄後投身職業足球，減少再次犯罪回去坐牢的惡性循環，西漢姆聯就是首支響應的球隊。Dein 更笑言囚犯經過訓練後應該很適合做裁判，難道是因為囚犯見過風浪，面對英超球員的威嚇也不會改變判決？

2018 年 11 月

41.
曼城球員在教導毒男泡妞

文：嘉安

　　曼城近年成為稱霸英超的一流球隊，陣中的球星也是腳法了得，不過想不到曼城球員在教導毒男泡妞這方面也很了得。Raheem Sterling、Leroy Sane 和 Benjamin Mendy 這三名來自英格蘭、德國和法國的年輕球星，最近就協助一名叫 Ben 的球迷約會，Ben 透過交友網站準備跟一名女網友約會，於是 Sane 教導 Ben 如何拍美圖給對方作介紹，Sterling 則指導 Ben 如何穿得像一個高富帥，Mendy 則教導 Ben 如何做一個好的舞伴，令 Ben 最終抱得美人歸。雖然這一切都像是商業宣傳，不過有球星加持的話，泡妞成功率肯定大增。

2018 年 10 月

42.
梅西有趣的一面

文：嘉安

梅西在足球場上獨領風騷,要盤球過人就隨意盤球過人,要進球的話誰也攔不住,不過在場外的梅西原來也有很胡塗的一面。前阿根廷國腳 Pablo Zabaleta 曾在 2005-08 年間效力巴塞隆納的同市球隊西班牙人,他最近在電視節目回憶說當時跟梅西經常一起外出吃飯,不過梅西一吃完上車就倒頭大睡,睡到連 Zabaleta 問他到底要去哪裡也答得迷糊。

有一次梅西迷糊地說要到他在市中心的家,可是當到達後梅西卻說是要回在市郊的豪宅睡覺。累透的 Zabaleta 不願意帶梅西到市郊,還說寧願讓他睡在車廂。結果梅西真的在 Zabaleta 的車上睡了一晚,Zabaleta 無奈的陪他一起睡,因為 Zabaleta 苦笑說他不能獨留價值 8,000 萬歐元的寶貝在車上。

2018 年 10 月

43.
梅西的兒子喜歡 C 羅

文：嘉安

　　梅西和 C 羅是當代足球世界的兩大宿敵，雖然不至於水火不容，卻始終是一山不能藏二虎，在梅西或 C 羅面前誇讚對方厲害或表達愛慕之情，恐怕是於理不合吧。

　　梅西的五歲兒子 Thiago 近期常常陪在養傷不能上場的老爸身旁觀看巴塞隆納的比賽，當然對於五歲的小伙子來說，要安靜看完一場比賽是困難的事，所以 Thiago 就在比賽期間拿起筆來繪畫，可是居然被網友發現他竟然畫了 C 羅效力的尤文圖斯隊徽拿給梅西看！梅西看完之後只是淡然一笑，然後安撫了兒子一會後繼續看球，難道是 Thiago 告訴梅西很喜歡尤文圖斯，令梅西心感尷尬寧願繼續看球？

2018 年 11 月

44.
樂極生悲

文：嘉安

　　進球是足球比賽的致勝關鍵原素，所以當有球員取得進球，就會情不自禁在場上慶祝一番，慶祝方式也是五花百門，不過總有球員會因此樂極生悲。瑞士球隊 FC Zurich 球員 Benjamin Kololli 在歐足聯盃賽事射進十二碼後，立即衝向前方的己隊球迷處慶祝。他巧妙地跳過廣告牌，再接著跳過看台前的石級，只是想不到石級和看台前竟然有一條鴻溝，於是 Kololli 不慎掉下去，令球迷和隊友立即停止歡呼上前看看他的情況。幸好後來 Kololli 沒大礙，可以繼續比賽，最終 FC Zurich 就以這個進球以 1：0 擊敗塞普勒斯球隊 AEK Larnaca。

2018 年 9 月

45.
球王的健康人生

文：嘉安

　　阿根廷球王 Diego Maradona 的生活一向多姿多采，最近他到了墨西哥執教乙級球隊 Dorados，不過由於在世界盃期間害病進過醫院，所以身體狀態還是不太好。

　　最近他走路仍然是一拐一拐的，所以需要助手幫忙帶領球隊訓練。當地報道指出「老馬」還是希望以健康的身體親自率領球隊訓練，他的律師更引述他的話說：「他不把自己的身體限制當作一回事，還是認為自己的身體維持在 20 歲時的狀態。」當然明眼人一看就知道肥馬早已今非昔比，不過身體健康確實重要，所以還是希望他能健康地讓球員感到踢球的快樂吧！

2018 年 10 月

46.
法國國腳為電影配音

文：嘉安

　　球星經營副業在現今社會已經不是新聞，當然除了經商和拍廣告這些不少球員也有做的副業，部分球星也會涉足電影界。

　　法國國腳 Olivier Giroud 和 Presnel Kimpembe 早前為即將上演的好萊塢電影《蜘蛛人：新宇宙》法語版擔任配音，Giroud 的角色是反派人物綠惡魔，Kimpembe 則為蠍子人的角色擔任配音，這兩名球場悍將會否將他們的勇悍帶進電影，大家可以在 12 月電影上映時就知道。

　　不過經營副業的首要條件是必須先做好主業的分內事，Giroud 和 Kimpembe 在早前為法國隊上場，可惜在歐洲國家聯賽不敵荷蘭，恐怕主帥 Didier Deschamps 不會太高興。

2018 年 12 月

47.
球員在飯店的惡作劇

文：嘉安

　　職業球員一年到晚都要去不同的地方踢球，而且為了專心備戰，通常規定在比賽前不准離開飯店，所以大部分踢客場的時間都是呆在飯店，說真的這樣的時光會有點枯燥，所以球員們會發揮創意為沉悶的飯店生活增添樂趣。

　　萊斯特城中場 James Maddison 早前就出了壞主意作弄隊友 Demarai Gray，他把一個裝滿水的垃圾桶放在 Gray 的房門前，還要故意把垃圾桶放側，只要 Gray 一開門就會翻倒。

　　另外兩名隊友 Wes Morgan 和 Ben Chilwell 看到不僅沒有阻止，還偷笑著準備看好戲。Maddison 準備好了後敲門，再以最高速度逃去，Gray 聽到後開門，幸好他的反應夠快所以及時避開從垃圾桶溢出的水，當 Gray 上前看看是誰的惡作劇時，Maddison 等人早已逃之夭夭。

2018 年 11 月

48.
球王似乎難以形容墨國聯賽

文：嘉安

　　阿根廷前球王馬拉當納（Diego Maradona）近期成為墨西哥甲級聯賽球隊 Dorados 的總教練，在其中一場比賽之後接受訪問時被記者問及對墨西哥聯賽水平的看法。

　　「胖馬」竟然支吾了接近十秒都沒有回答，只在最後兩秒左右的時候不斷搖頭。踢球了得的「胖馬」成為教練之後一直沒有亮眼的成績，最近卻率領 Dorados 打進墨西哥甲級聯賽的總決賽，這也許說明「胖馬」的回應方式已是最合適的。

2018 年 12 月

49.
用死亡來誤導大家

文：嘉安

足球世界可謂無奇不有，最近有一支名為 Ballybrack FC 愛爾蘭業餘聯賽球隊為了將比賽延期，竟然謊報其中一名球員 Fernando LaFuente 在訓練後遇上車禍去世！

Ballybrack FC 如願獲賽會延遲即將來臨的比賽，與他們一起參與聯賽的其他球隊，也在下一場比賽開始前默哀。Ballybrack FC 欺瞞的事最終東窗事發，聯賽賽會正調查相關事件，球隊也在 Facebook 公開道歉。

「被死亡」的 Fernando 其實已經沒有為 Ballybrack FC 踢球，他表示會方曾說過他將會因為意外上新聞，只是沒料到竟然是自己喪生。

Fernando 仍然為前球隊辯稱不相信 Ballybrack FC 害怕對手，或許是因為前隊友要上班，所以在人數不夠之下才出此下策。

2018 年 12 月

50.
開賽前用猜拳定開球

文：嘉安

　　英國的裁判水平近年江河日下，縱然英超已是世界上首屈一指的聯賽，裁判的判決水平有時確實是差得引人發笑。

　　想不到英國女足聯賽的裁判，早前也出現令人啼笑皆非的失誤，裁判 David McNamara 早前在執法曼城 VS Reading 的女足聯賽時，竟然把決定誰先開球的銀幣遺留在更衣室！

　　其實「知錯能改，善莫大焉」，反正比賽還沒開始，立即回更衣室拿銀幣也可以，可是 McNamara 卻決定要求比賽雙方隊長以猜拳解決，剛好這比賽有電視直播，於是球迷就見證了這麼滑稽的一幕。事件令英格蘭足協相當震怒，所以 McNamara 要接受三周停賽處分。

2018 年 11 月

51.
佻皮的球星

文：嘉安

　　西班牙前鋒 Diego Costa 在球場上常常令對方守將感到頭痛，以往在場外也試過跟球隊教練和隊友產生摩擦，想不到回到家裡的 Diego Costa 也是個淘氣鬼。

　　或許是 Diego Costa 最近因為受傷沒能出場感到苦悶，所以竟然趁著兄長 Jair da Costa 睡著的時候，把一盤點好的煙火放在熟睡的 Jair 身旁，煙火的爆響嚇得 Jair 立即從床上彈起來，Diego Costa 不僅看得哈哈大笑，還將影片放上網絡與粉絲分享，可說是壞到極點了。

2019 年 2 月

52.
女性教練的精彩回答

文：嘉安

　　女性主義近年在世界各地是熱話，男足世界也愈來愈容許女性參與重要的職位。除了香港有全球首名率領男子球隊奪得職業聯賽冠軍的陳婉婷教練，德國也有前國家隊青年軍球員 Imke Wubbenhorst 在去年 12 月接任德國第五級聯賽球隊 BV Cloppenburg。

　　本來這也是足壇一時佳話，可是還是有不識相的記者追問 Imke Wubbenhorst，到底在進更衣室會否先叫球員穿好褲子。Imke 顯然不爽這種提問，於是以諷刺的口吻回應說當然不會，因為她是專業教練，所以必須以看到球員的雞雞長度才可挑選正選陣容。

　　目前 Imke 的球隊在第五級聯賽排榜末，距離保級線 5 分，如果能夠協助球隊保級成功，相信 Imke 不用再拿雞雞說笑話。

2019 年 4 月

53.
球星不要行差踏錯

文：嘉安

　　職業足球員在英國是公眾人物,所以一舉一動都可能是媒體焦點。別以為不是英超球員就沒人關注,只要是英國的職業球員,行差踏錯一步也可能前途盡毀。

　　英格蘭第三級別聯賽英甲聯賽球隊牛津聯前鋒 Gavin Whyte 本來在本賽季狀態不俗,還入選北愛爾蘭代表隊,可是最近卻竟然在街上與朋友當眾脫褲自瀆,過程更遭途人拍下來而且上載至網路上。相關消息立即遭英國各大媒體爭相報道,也令本來前途無限的 Whyte 成為大眾口誅筆伐的對象,英超球星夢也可能沒法實現。

2019 年 3 月

54.
義大利前鋒的怪異行為

文：嘉安

前義大利國腳前鋒 Mario Balotelli 的怪異行為一向是英國媒體樂於報道的題材，雖然這名壞孩子近年在法國聯賽踢球，關注度早已經不及以往，不過還是繼續有笑料爆出。

Balotelli 最近跟目前效力的 Nice 鬥得很不愉快，所以希望尋找另一支懂得欣賞和接納他的球隊，所以很努力的在健身房練習體能。可是他在訓練中也許用力過猛，在練習全速衝刺時竟然把體能教練撞個人仰馬翻。

當然這樣也可是解讀為 Balotelli 確實很認真的練習，總比突然在餐廳拿出大量鈔票炫富和駕車到女子監獄前要求進內參觀這樣的搞笑行為來得正常。

2019 年 4 月

55.
超遠距離射門

文：嘉安

貝克漢在 23 年前曾在後半場以一記超遠距離射門取得進球，這一幕成為英超史上其中一個最經典的片段。

一名效力北愛爾蘭聯賽球隊 Glentoran 的門將 Elliott Morris 最近也在後半場取得進球，而且射程比貝克漢那球更遠。這名 37 歲老將在第 723 場職業比賽中，在距離對方球員 70 米之外開出罰球，豈料皮球竟然直接飛向球門，令對手門將縱然在門前嘗試用手擋球，也只能僅僅碰到皮球卻沒法救出，造就 Elliott Morris 在即將退役前也取得進球。

2019 年 4 月

56.
Mario Balotelli 似乎死性不改

文：嘉安

義大利前鋒 Mario Balotelli 以往因為常常幹蠢事而被媒體恥笑，近年他好像已經收斂不少，不過最近看起來好像希望「重出江湖」。這名 28 歲無業青年最近到拿玻里渡假，不知是從哪裡來的念頭，他竟然跟當地一名酒吧老闆打賭，如果老闆敢騎機車衝進海上，他就給老闆 2,000 萬歐元。

結果老闆二話不說脫光衣服，騎著機車衝進海上。老闆上岸後立即從 Balotelli 手上拿過獎金，還高呼他的機車根本不值錢！不過這一段影片卻令 Balotelli 惹上官非，Balotelli 因為涉嫌教唆他人犯罪及賭博罪被控。

2019 年 7 月

57.
Sergio Aguero 天藍色座駕

文：嘉安

　　Sergio Aguero 在代表阿根廷征戰美洲盃後，選擇跟女友 Sofia Calzetti 到加勒比海島國巴哈馬享受大自然，然後兩口子到了對岸的美國城市邁阿密享受購物和美食。

　　Sergio Aguero 在邁阿密開著價值 16.6 萬英鎊的新名貴汽車到處逛，有意思的是這部名車的顏色跟他效力的曼城主場球衣天藍色，看起來他確實很喜歡在曼城踢球。當然這可不是胡扯，因為本賽季已是他效力曼城的第九個賽季，跟他以往效力阿根廷獨立隊和馬德里競技加起來的日子一樣的長，所以難怪他連座駕也選擇採用天藍色。

2019 年 7 月

58.
梅西與遊客同樂
文：嘉安

　　阿根廷球星梅西代表國家征戰美洲盃結束後，跟家人一起在陽光與沙灘中享受暑假。一位名叫 Mackenzie O'Neill 的 11 歲英國男孩早前有幸在加勒比海的安地卡島跟梅西一家相遇，還跟梅西父子一起踢球和游泳。

　　Mackenzie 後來把他和梅西的合照上傳互聯網，確實令不少球迷相當羨慕。Mackenzie 受訪時表示當時他獨自在沙灘踢球，卻遇上梅西的父親 Jorge，Jorge 問他要不要跟梅西和孫兒 Thiago 一起踢球。結果 Mackenzie 跟梅西父子踢了 45 分鐘，後來更一起暢泳，讓這名少年樂翻了。

　　可惜由於梅西不懂英語，所以 Mackenzie 的母親表示沒能從對方口中獲得踢球祕訣，確實是相當可惜。

2019 年 7 月

59.
瑞典神鋒臨別也被罰

文：嘉安

　　瑞典神鋒 Zlatan Ibrahimovic 在最後一次洛杉磯德比大演帽子戲法，協助洛杉磯銀河以 3：2 擊敗同城對手洛杉磯 FC。

　　不過「伊布」很可能因為在這場比賽蓄意打凹對手臉頰骨而被賽會重罰，伊布在一次迎接高空球的時候，蓄意用手肘打中對手的利比亞後衛 Mohamed El Monir 的右臉頰，媒體估計是 El Monir 在之前的比賽令伊布的 Joe Corona 流血受傷，因此伊布被惹怒後決定報復。

　　El Monir 受傷後立即送院，及後更證實臉頰骨凹陷。不過由於裁判看不到當時情況，所以伊布沒有被罰出場。伊布本賽季已經因為襲擊對手被罰停賽兩場，所以這次看來應該會面臨更嚴重的懲罰。

2019 年 7 月

60.
禍不單行

文：嘉安

　　前英格蘭國腳 Daniel Sturridge 近年受傷患困擾狀態大不如前，在今年夏天雖然為利物浦贏得歐冠錦標卻不獲續約，而且還沒有跟其他球隊簽約，年僅29歲的他已經進入失業階段。

　　豈料人生低處未算低，最近他在洛杉磯的大宅遭盜匪爆竊，除了失去數包財物，匪徒竟然連 Sturridge 最愛的博美犬也拿走了，令 Sturridge 非常痛心。於是 Sturridge 在網上自拍影片痛罵匪徒竟然連狗隻也盜走，還揚言拿出三萬英鎊酬勞給可以把愛犬帶回他身邊的人。

2019 年 7 月

61.
Kolasinac 成為隊友的保鑣

文：嘉安

兵工廠後衛 Sead Kolasinac 除了踢球了得，原來也可以成為隊友的保鑣。早前他坐著 Mesut Ozil 的車在倫敦遊逛，豈料有匪徒跟著 Ozil 的車，Ozil 見狀立即把車駕到附近一所餐廳，停車後立即走進餐廳逃避匪徒。 Kolasinac 卻很勇敢的上前迎戰兩名匪徒，赤手空拳把兩名持刀匪徒擊退。Kolasinac 因此在網上大獲好評，而且在《太陽報》的網上民調中，更獲得半數兵工廠球迷投票支持他成為新任隊長。

2019 年 8 月

62.
Neymar 與 Mbappe 有心病
文：嘉安

　　Neymar（內馬爾）的轉會傳聞在這個夏天沒有停止過,雖然不知道他能否離開,不過他的心已經不在巴黎聖日耳曼可說是公開的祕密,跟巴黎另一球星 Kylian Mbappe 的關係也不太好。由於轉會還沒成事,所以內馬爾上周末到中國與球隊會合,只是沒有在法國超級盃上場,結果巴黎沒有內馬爾也能擊敗對手奪冠。

　　另一名巴黎球員 Marco Verratti 在頒獎後把內馬爾拉過來,希望對方一起拍冠軍照。可是站在內馬爾身旁的 Mbappe 顯得不耐煩,竟然在全球電視直播之下把內馬爾推開,後來內馬爾在其他隊友邀請再次回到球隊一起慶祝。

　　雖然內馬爾在當天晚上在 Twitter 上載他跟 Mbappe 在慶祝派對狂歡的合照,可是相信這兩名球星的關係已經無法癒合。

2019 年 8 月

63.
Puyol 果然是硬漢子

文：嘉安

　　前西班牙國家隊隊長 Carles Puyol 在球員時代以踢法硬朗見稱，想不到退役後仍然非常剛強。目前他沒有在足球世界擔任什麼職務，只是偶而為巴塞隆納以大使身分協助推廣工作，所以時間都花在玩樂。

　　他早前跟朋友一起玩一種在玻璃房間中進行，名叫板網球（Pedal）的運動，豈料途中打破玻璃房的玻璃牆壁，玻璃碎片擊中 Puyol 令他手腳都流了很多血，他也把受傷後的相片上載，可見受傷不輕，不過這名硬漢仍然不為所動，果真是一條硬漢。

2019 年 8 月

64.
Valderrama 形象大變
文：嘉安

前哥倫比亞國家隊隊長 Carlos Valderrama 蓄着一頭金色爆炸頭，所以在國際足壇有「金毛獅王」的稱號。不過這名 57 歲前哥倫比亞球王最近竟然改變形象，把金毛捲髮全部弄直，變為一名蓄有金色長髮的中年人！

由於這形象跟他維持多年的「金毛獅王」形象差別太大，所以在網上引起激烈討論，也有不少網友按讚。Valderrama 沒有特別交待是受了什麼刺激才會這樣，不過他在網上笑言要老婆替他梳頭才行。

2019 年 8 月

65.
沒有用 VAR 卻執行 VAR 法規

文：嘉安

　　使用 VAR 協助執法在國際足壇愈來愈普遍，可是最近在玻利維亞聯賽卻有一名裁判因為 VAR 引發軒然大波。事情是在一場 Club Always Ready 對 Bolivar 的賽事到了下半場補時四分鐘， Bolivar 球員涉嫌在禁區侵犯 Club Always Ready 的球員，裁判停止了比賽並走到場邊詢問助理裁判的意見，然後竟然在判罰 Club Always Ready 獲得十二碼球時竟然做出 VAR 的手勢，問題源自玻利維亞聯賽還沒有通過使用 VAR 協助執法，所以相關判決令 Bolivar 職球員非常不滿，裁判被多人圍住理論了數分鐘後，還是維持原判。

　　可是 Club Always Ready 的球員還是射不進十二碼，最終 Bolivar 以 1：0 贏球，不過 Bolivar 球員賽後繼續圍住裁判，令裁判需要由軍警護送下離場。

2019 年 8 月

66.
LEGO 推出曼聯主場

文：嘉安

　　在大中華地區的曼聯球迷不用為準備新年禮物發愁了，因為除了球衣贊助商早前推出的「龍」主題球衣，近日著名積木製造商 LEGO 亦推出曼聯主場 Old Trafford 的特大模型，讓球迷可以將 Old Trafford 帶回家。LEGO 早前成為曼聯官方贊助商，因此獲授權推出這款新產品。整個模型由 3,898 件配件組合而成，看台上的「MANCHESTER UNITED」、「Stretford End」和「SIR ALEX 25 YEARS」字樣都可以清晰見到。這件模型定價為 269 歐元，確實是昂貴了一點，而且也需要不少空間擺放，不過身為「紅魔」粉絲應該還是會為此大破慳囊吧。

2020 年 1 月

67.
Mbappe 令小朋友感動

文：嘉安

Kylian Mbappe 在 2019 年最後一場法甲比賽梅開二度，協助巴黎聖日耳曼在主場以 4：1 大勝亞緬，很大機會又蟬聯法甲錦標。有一名小球迷在這場比賽末段衝進球場撲向 Mbappe，球場保全也趕及要把小球迷送出球場。

這時 Mbappe 卻在比賽進行期間親自護送小球迷離開，途中更跟小球迷交談和簽名，令小球迷感動流淚。雖然沒有合照，不過相信也令小球迷畢生難忘，也沒有留下 Didier Drogba 從前在自己身上帶來的遺憾。

2019 年 12 月

68.
利物浦協助維修草地

文：嘉安

　　利物浦在拆禮物日作客以 4：0 大勝排在英超積分榜第二
位的萊斯特城，本賽季很大機會獲得夢寐以求的英超錦標。也
許是贏球之後心情很爽，又或許是出於愛護草地之心，「紅軍」
中衛 Virgil van Dijk 竟然在比賽後向萊斯特城的草地職員拿了
剪草機，協助對方維修因為比賽而耗損的草地。人帥、踢球又
好、又有公德心，難怪紅軍在 Virgil 領導之下成績不斷進步。

2019 年 12 月

69.
寂寂無名的守將爆紅

文：嘉安

　　土耳其第三級聯賽最近有一名球員連射三次十二碼球，竟然都被擋下來，而且還是被兩個對手救出！Ergene Velimese 在完場前獲得十二碼球，Ibrahim Fatih Dilek 的主射被主隊 Usak Spor 的門將 Ersin Adyin 救出，不過由於 Adyin 撲救時踏出了球門線，結果被罰黃牌而且對手可以重射。

　　豈料 Adyin 再次把 Dilek 的射門擋出，不過這一次他又踏出了球門線，令他拿了第二面黃牌被逐離場。

　　由於 Usak Spor 的替補席沒有門將，所以後衛 Levent Aktug 便當替工，Dilek 第三次主射卻竟然也被 Aktug 救出，結果 Usak Spor 以 2：0 贏了這場比賽，這名寂寂無名的土耳其守將也因為成為國際球壇的談論對象。

2020 年 1 月

70.
比賽期間所有球員同時臥草

文：嘉安

　　近期有一場東非國家坦桑尼亞的盃賽比賽中，所有球員突然在比賽期間集體臥草，為什麼會突然出現這樣的奇景呢？原來是比賽進行至第 53 分鐘期間，突然有一群蜜蜂闖進球場，裁判見狀便立即鳴哨並示意所有球員伏下避免受傷，所以就突然出現這個所有場上球員和裁判團成員都伏在草地上的奇景。事件令比賽停頓了好一陣子，幸好沒有造成任何傷亡，最終 Young Africans 以 4：0 大勝 Iringa United。

2019 年 12 月

71.
Alisson 幫助很多人施洗

文：嘉安

利物浦門將 Alisson Becker 不僅把關技術了得，而且還是一個施洗專家。他在本年初便為隊友 Roberto Firmino 和 Firmino 的妻子施洗，讓 Firmino 夫婦成為基督徒。

最近 Alisson 再為曼聯的巴西中場 Fred 的老婆施洗，Fred 的老婆 Monique Salum 還在 Twitter 直播 Alisson 為她施洗的過程。

光是跟足球有關的人士，Alisson 在 2020 年便施洗了三人，相反 Alisson 在 2020 年踢了五場比賽也只失了 1 球，施洗人數竟然比失球還多，可說是事業信仰皆得意。

2020 年 1 月

72.
C羅納度機器人也不好看

文：嘉安

　　自從 C 羅納度轉戰義甲後，這名葡萄牙球王在義大利愈來愈受歡迎，連當地的嘉年華會也推出 C 羅機器人！

　　義大利 Tuscany 地區的 Viareggio 市早前舉行節慶嘉年華，吸引數以萬計人士參與，在嘉年華中有不少表演者戴著政要和具影響力的運動員的面罩亮相，唯獨是 C 羅竟然是以一個機器人形狀現身，樣子看起來有點奇怪，據報小朋友看見後便嚇得落荒而逃。

　　不過就算這個 C 羅機器人有多不好看，也肯定比在 C 羅故鄉擺放的醜八怪銅像好多了。

2020 年 1 月

73.
Lukaku 睡在特製超大睡床

文：嘉安

　　比利時前鋒 Romelu Lukaku 自從本賽季離開曼聯來到國際米蘭後，生活過得相當寫意，而且在義甲賽場不斷進球，有希望協助國際米蘭打破尤文圖斯在義甲的壟斷。

　　據報最近他搬了新居，在主場 San Siro 附近購買兩間超級豪宅單位，一間是自己獨住，另一間則是買給母親和不滿一歲的兒子住。

　　Lukaku 則在 IG 分享自己睡在特製超大睡床的照片，該床確實大得可以讓身高達 191 公分的 Lukaku 打筋斗，令隊友 Andrea Ranocchia 也忍不住留言詢問 Lukaku 是否準備要讓 15 個人同時睡在這床上。

2020 年 1 月

74.
為了不遲到破窗開車

文：嘉安

　　當你想開車的時候才發現鑰匙竟然反鎖在車內，特別是趕著開車去工作的時候發生這種倒霉事，當然會令人氣急敗壞。

　　英格蘭甲級聯賽球隊伊普斯維奇的 James Norwood 就乾脆用石頭打破玻璃，寧願花錢維修玻璃也不希望遲到，這並不是因為他特別盡責，只是他認為維修玻璃的費用比參與球隊訓練遲到罰款較便宜，才從兩害取其輕。

　　而且這名 29 歲前鋒也不是第一次遇上這種蠢事，因為之前他就在比賽前一天竟然把家鑰匙留在屋內，令自己有家歸不得。

2020 年 1 月

75.
被足球耽誤的 NBA 球星

文：嘉安

　　巴塞隆納前鋒 Antoine Griezmann 是著名籃球迷，每當休假時就會飛到美國看 NBA 比賽，因此也認識了不少 NBA 人士。

　　NBA 名宿 Steve Nash 在聖誕節前曾到巴塞隆納探望 Griezmann，兩人更來了一場足球和籃球的對抗戰，Griezmann 和 Nash 先以球不著地的控球方式，鬥快從籃框一邊跑到另一邊，本身也是足球發燒友的 Nash 最初也能緊追 Griezmann，不過過了半場線之後就無以為繼，當然對於業餘的 Nash 來說已經很厲害。

　　接著 Griezmann 和 Nash 進行跳投比試， Griezmann 無論在 15 呎、18 呎或 90 度三分球投射都無法進球，反而在最困難的 Fadeaway 跳投及背向籃框射三分球卻一矢中的，所以說 Griezmann 是被足球耽誤的 NBA 球星也不為過。

2020 年 1 月

76.
露肉、西裝、蜘蛛、章魚，
球衣大觀園包羅萬有

文：戴沙夫

　　人靠衣裝，穿上球衣，代表你所屬的隊伍，有時候也有其他作用，例如說是震懾對手又或令對手眼花撩亂。近幾年，我們常批評豪門的球衣缺乏創意和設計，甚有「騙財」之嫌，不知道以下的奇趣球衣是否閣下那杯茶呢？

　　1.　1978 年，美職聯尚未成立，美國球隊的戰衣設計大膽前衛，胸前有「毛」，與西部牛仔的風格不謀而合，但卻美國球迷戲謔為「史上最差球衣第一位」。

　　2.　大陸擁有 13 億人口，愈來愈多球隊希望分一杯羹，其中義甲的羅馬就在 2015 年穿起「拜個早年」簡體字版，向大陸粉絲行禮，做法在 NBA 愈來愈普遍。

　　3.　1998 年世界盃，墨西哥穿起了民族色彩豐富的戰衣亮相，非常奪得眼球，配合長髮型男前鋒 Luis Hernandez，一時間謀殺了很多美少女。

　　4.　2014 年，愛爾蘭勁旅沙姆洛克流浪者的門將球衣，另有玄機，原來背後是一個「大骷髏」……咦，不是要嚇唬對手嗎？大骷髏印在背後，似乎是嚇唬球迷多一點。

　　5a+5b　德國球隊慕尼克 1860 球場上的戰績不及同城的拜仁，但球衣設計常有佳作，2010 年紀念版是集齊了隊史重要的人物；2014 年的格子球衣就不像球衣，更像平日穿的休閒裝，適合作為送給愛球男友的禮物。

　　6.　2016 年，西班牙球隊帕倫西亞推出的球衣，遠看有點驚嚇效果，近看是鮮紅色的人體肌肉，適合努力健身的你，以球衣的八塊腹肌作為練習目標。

7. 2004/05 賽季，馬競客場推出了「蜘蛛」戰衣，似乎要告訴敵人：「放馬過來，你們自投羅網吧！」這球衣也是床單軍團比較破格的戰衣，類似設計已不多見。

8. 西乙 B 球隊吉胡埃洛的球衣，天馬行空，其實在賣火腿腸廣告，但遠看更像雪花肥牛，令人垂涎，真想一口咬下去。

9. 2014 年，西班牙丙組仔 Deportivo Leonesa 的球衣極具格調，充滿紳士之風，模仿襯衫和西裝，更令筆者想起周星馳的《賭俠》。

10. 又是西乙 B，CD Lugo 是要吸盡別人的精華嗎？這款門將球衣上是章魚的吸管，觀賞度一般，可能意味著門將要像章魚一樣，把皮球全都吸在手上！

2017 年 1 月

169

笑談足球

77.
難以理解的黃牌

文：戴沙夫

　　在英乙聯賽第 24 輪樸茨茅斯主場對陣盧頓的比賽中，主隊憑藉著後衛貝傑斯（Christian Burgess）在第 31 分鐘的進球，以 1：0 擊敗了盧頓。不過，主隊卻是贏球輸人。

　　盧頓的中場小將麥基恩（Cameron McGeehan）在一次拼搶中被主隊的愛爾蘭老將多伊爾（Michael Doyle）兇悍地鏟倒在地上，倒地後，麥基恩顯得非常的痛苦，從慢鏡重播看，他的腿出現了嚴重的變形，比賽也不得不因此中斷。

　　作為盧頓的二號射手，麥基恩本季已為球隊奉獻了 9 球。然而，神令人詫異的一幕發生了，就在盧頓的醫護人員為麥基恩做初步診斷時，當值主裁判卻向麥基恩出示了一張黃牌，理由是他認為麥基恩在倒地後表現的過於誇張，不停地拍打草皮。

　　這明顯是一個荒謬的判罰，在遭遇那樣兇悍的犯規下，痛苦地拍打草皮屬於正常的發洩表現。而且主隊的球迷開始起哄，他們在麥基恩受傷之後帶著嘲諷的語氣表示你可以坐著救護車回家了。

　　為此，盧頓隊的總教練，42 歲的威爾斯人鐘斯（Nathan Jones）對於裁判和對手球迷的行為感到十分的憤怒。賽後，鐘斯憤怒地表示：「我認為這是麥基恩當時的本能反應，雖然我不知道當時具體發生了什麼，但我認為他們應該體現出一絲的同情心。」麥基恩在被送往醫院後，在社交媒體上發布了一張自己與教練的照片，並曬出了自己被打上石膏的腿，同時他還寫道，「難以相信我的腿竟然斷掉了，這真的很叫人心碎，但我得到了所有人的支持，感謝這個世界。」

2017 年 1 月

78.
想看南北半球嗎？
你敢背叛便有福利！

文：戴沙夫

男人是用下半身思考的動物，一旦上半身同下半身產生衝突時，究竟哪一部位會是最終的勝利者呢？以下片段或者會有點啟示：

歐冠聯十六強，那不勒斯首回合負 1:3，次回合回到主場迎戰皇家馬德里，比賽前夕，有電視台派出一名性感女郎，走到義大利街頭，企圖色誘主隊的粉絲說出「大逆不道」的說話。

只要任何粉絲願意背叛愛隊，大聲疾呼：「皇馬，加油！」那名性感女郎就會把衣服拉低，給男士一窺全豹，到底有幾多人會中圈套呢？

事實上，不少忠實粉絲雖然很想一看究竟，但也有人拒絕色誘，搖頭拒絕，但結果當然是大部分人的上半身，都被下半身打敗，而且掀開衣領之後，大都目瞪口呆，為何？

原來掀開上衣後，是巨胸女郎向那不勒斯球員作出承諾：只要球隊能夠贏得歐冠，便願意免費同所有球員一起嘿咻！結果，當然沒有機會啦！至少本屆沒有機會。

2017 年 3 月

79.
進球了太興奮竟說漏嘴，
居然同時道謝老婆女友

文：戴沙夫

　　人類在興奮的時候就容易忘形，最終造成樂極生悲。早前一名來自迦納的前鋒，在比賽中當選「最佳球員」，賽後接受訪問竟然表示要謝謝老婆和女友！

　　迦納前鋒阿納斯（Mohammed Anas）為南非球隊自由城之星（Free State Stars）踢球，他在一場面對開普頓阿賈克斯（Ajax Cape Town）的聯賽進兩球，令自由城之星得以逼和阿賈克斯，因此獲選為 MOM（Man of the Match）。

　　或許是吃了誠實豆沙包，阿納斯獲獎後竟然表示：「我要謝謝球迷、老婆和女友。呃，我的意思是謝謝我的太太，太太我真的很愛你。」後來阿納斯補充說，在他的家鄉習慣了把女兒稱作女友，所以意思是謝謝太太和女兒。雖說是各處鄉村各處例，只是這麼奇特的表達方式，你相信嗎？

2017 年 4 月

80.
Neymar 的髮型多變化

文：戴沙夫

　　巴西頭號球星 Neymar 的球技雖然跟 C 羅、梅西仍然有一段距離，不過在搶鏡頭程度來說可說是有過之無不及。

　　Neymar 在世界盃上演繹多個不同形式的摔倒技巧，讓全世界都嘆為觀止。而且他的髮型也非常吸睛，蓬鬆卻筆挺的頭髮猶如高級法國餐廳食桌上的意麵。

　　或許是希望外界更關注他吧，所以 Neymar 最近再接再厲理了一個毛蟲頭，也可以看作是「意麵頭 2.0」，讓大家對時尚有另一種嶄新看法，大家又認為 Neymar 下一次要理髮的話，可以有什麼突破呢？

2019 年 1 月

81.
非常丟臉的失球

文：戴沙夫

　　對於足球員來說，不管是什麼球，只要是進球就是好球，相反只要是失球就是壞球。所以對於威爾斯女子足球隊 Prince of Wales 來說，縱然最近在一場當地盃賽 Kent Women's Plate 十六強戰中所失的烏龍球是多麼難看，畢竟也就是壞球了。

　　該隊門將在接應沒有壓力的回傳球時竟然把球控失了，讓對手可以射空門。對手卻不爭氣的射不中，可是回來保護空門的球員居然把球踢進自己網窩，門將要回防也來不及。當然更慘的是 Prince of Wales 最終以 0：12 慘負給 Maidstone United 女子隊，可說是丟臉到家。

2019 年 2 月

82.
Cech 當上冰球門將

文：戴沙夫

　　捷克門將 Petr Cech 在本賽季終於脫下球衣和手套，退役後回到切爾西擔任技術顧問，不過最近他又重新返回球門前，這次是把守冰上曲棍球的球門，原來他是參與倫敦近郊的冰曲聯賽球壇 Guildford Flames 的訓練。

　　其實 Cech 在三年前接受兵工廠官方媒體訪問時已經透露冰曲才是他的最愛，可是由於冰曲裝備費用對於年少的他來說太昂貴，那時候他的冰曲和足球技術差不多，所以父親在他六歲的時候決定讓他專心踢球，最終令他成為世上其中一名最好的門將，也得以在名成利就之後實現童年時代的夢想。

2019 年 8 月

83.
Sneijder 退役後身型快速暴漲

文：戴沙夫

曾經率領國際米蘭在 2010 年奪得歐冠，並於同年率領荷蘭成為世界盃亞軍的前國腳 Wesley Sneijder，在 8 月 12 日宣布結束 17 年職業足球員生涯，繼而跟荷甲球隊烏特勒支簽署商業合作協定。

不過就在他宣布退役後的兩周後，當他現身於烏特勒支比賽的 VIP 廂座時，卻被媒體拍到他的身形暴漲了很多，也因此引起不少網友的揶揄和嘲笑，慨嘆為什麼他可以在兩周內發福了這麼多。

事實是 Sneijder 早於今年 1 月就已經為卡達球隊 Al Gharafa 踢完最後一場比賽，之後更已經被 Al Gharafa 取消註冊，只是到最近才正式宣布退役而已，所以沒有比賽和訓練超過半年的 Sneijder 身材發福也不足為奇。

2019 年 8 月

84.
球員踢死雞領紅牌

文：戴沙夫

　　所謂人有人媽媽，妖有妖他媽，每種生物都有基本生存權利，可是一名克羅埃西亞業餘球員最近卻因為踢球而蓄意踢死雞隻。

　　效力業餘球隊 NK Jelengrad 的 23 歲球員 Ivan Gazdek 由於看不慣雞隻在比賽期間闖進球場，於是按捺不住一腳把其中一隻雞隻踢死，並把該雞隻的屍體扔走。

　　裁判對此看不過眼，立即以「缺乏體育精神」為由給他一張紅牌。片段曝光後 Gazdek 立即遭受網友譴責，Gazdek 事後強調是因為雞隻怎樣弄也弄不走，所以在電光火石之間決定踢死牠，而且揚言自己也有養貓狗和鸚鵡，所以也是愛護動物人士。他的球隊後來也沒有追加懲罰，縱然球隊因他的行為少踢一人，最終也以 8：1 大勝比賽。

2019 年 11 月

85.
女裁判給卡卡黃牌為拍照

文：戴沙夫

　　巴西名宿隊早前到以色列參與表演賽，跟當地的元老隊較量，最終順利以 4：2 勝出。不過這場比賽的焦點全部落在前世界足球先生 Kaká 和女裁判 Lilach Asulin 身上，原因是 Lilach 竟然無故暫停比賽，而且還向在身旁的 Kaká 出示黃牌，令根本什麼都沒有做的 Kaká 一臉錯愕。

　　不過 Lilach 在收起黃牌後便立即拿出手機，趕快跟退役後還是俊俏的 Kaká 一起自拍，令一眾以色列元老隊球員無奈攤手。縱然事情來得相當突然和荒謬，可是 Kaká 的反應也很快，明白 Lilach 的意圖後立即展現笑容，讓 Lilach 有一個美好回憶。

2019 年 11 月

86.
C 羅為甚麼會為了一瓶汽水發脾氣？

文：金竟仔

　　眾所周知，葡萄牙球王 C 羅的個人生活高度自我規律，日前在記者會上公開對一瓶汽水發脾氣，令人大叫驚奇！

　　葡萄牙在歐國盃小組賽首場對匈牙利前，C 羅出席例行記者會，期間忽然拿走了官方贊助的可口可樂，然後把自己帶來瓶裝水放在桌子上，並大呼：「喝白開水吧！」有人起初以為這是商業行為，但瓶裝水上沒有貼上品牌標籤，顯然，葡萄牙人只想呼籲公眾多喝水，少喝碳酸飲料而已，不屑為不健康的產品做宣傳。

　　然而， C 羅擅自拿走賽事官方贊助商品，未知會否被追罰，或者導致歐洲足聯被罰款，那就是另一個話題了。36 歲的 C 羅時至今日，仍能保持良好狀態，與個人紀律與飲食習慣有密切關係，甚至曾在頒獎禮上公開對兒子愛吃零食的習慣表示不滿。

　　C 羅不煙不酒，每天規定要吃六碗白飯，至少喝兩公升白開水，今日堅持每日吃不加調味料的雞肉沙拉，每天睡眠至少七個半小時，這就是巨星的節奏！

87.
Pandev 此生無憾

文：金竟仔

　　曾協助國際米蘭贏得歐冠錦標的 Goran Pandev，為北馬其頓射進首個國際大賽決賽圈進球，雖然球隊最終以 1：3 不敵奧地利，對於這名以 37 歲 321 日之齡成為歐洲盃決賽圈史上第二年長進球者來說，肯定是職業球員生涯中最重要的一球（最年長進球者是奧地利的 Ivica Vastic，他在 2008 年以 38 歲 257 日之齡射進波蘭大門）。

　　Goran Pandev 本來決定在 2020 年夏天退役，可是因為武漢肺炎令歐洲盃延期一年進行，北馬其頓還有機會晉級，所以他推遲退役時間表，並在去年 11 月的資格賽進球協助國家隊取得首次參與國際大賽決賽圈的資格。到了決賽圈首戰，Goran Pandev 也延續了傳奇的一頁。雖然球隊最終還是輸了，晉級機會大幅減少，不過 Pandev 賽後表示對國家隊來說這是寶貴一課，仍然相當積極正面。

88.
不是白布，是國旗

文：金竟仔

　　丹麥球星 Christian Eriksen 在歐洲盃對芬蘭一戰突然昏倒，幾乎因此失去性命，幸好及時搶救才撿回一命。與生死相比，足球比賽已變得不再重要，所以當 Eriksen 被抬離場前往醫院的時候，除了丹麥隊球員繼續圍成人牆保護他，不讓他的臉被媒體拍到，坐在附近的芬蘭球迷也把本來用作打氣的芬蘭國旗拋到場上給醫護人員圍住 Eriksen，彰顯了人性光輝的一面。

89.
人性光輝是運動比賽最珍貴的東西

文：金竟仔

體育運動如何能夠凝聚人心？丹麥對芬蘭的歐國盃小組賽，很多觀眾看得感動，淚珠不由自己地流下來。這時候，足球已不只是足球般簡單，而是跨越了種族、時空、語言的全人類大事。

「謝謝大家，我不會放棄，現在感覺好多了，感謝你們為我所做的一切！」丹麥指揮官 Christian Eriksen 死過翻生，首度發表聲明報平安。話說比賽上半場，這名國際米蘭中場突然倒下，失去知覺，裁判在五秒後吹停比賽，幸好丹麥軍醫僅花 20 秒左右趕到，進行生死一線間的急救。

事後軍醫證實 Eriksen 心臟曾經停頓，稍遲一點才進場拯救，後果不堪想像。丹麥隊長 Simon Kjær 盡現領導風範，第一時間呼喚隊友上前組成「銅牆鐵壁」，防止記者和球迷亂拍照，維護隊友的尊嚴和隱私。Kjær 雖然心情沉重，亦是其中一個不想重啟比賽的丹麥球員，但仍上前安慰 Eriksen 的女友。

丹麥主帥透露，今年 29 歲的 Eriksen 醒後第一句就問：「球隊表現怎麼了？」丹麥國腳之所以願意重返球場，也是 Eriksen 提出的要求。歐洲足協賽後把比賽最佳球員頒給 Eriksen，也是彰顯生命比勝負重要的舉動，當芬蘭打進決賽圈史上第一球後，也沒有慶祝以示尊重。

這起事件引來全球社交網站洗版，前隊友 Daley Blind 哭了，當前隊友 Romelu Lukaku 為他祈禱……類似例子比比皆是，足證世界再亂，人間依然還有愛。

90.
嘩！49.7 碼歐國盃史上最遠進球

文：金竟仔

　　或許，中年的香港球迷，會對英倫三島足球代表隊遺留情意結，蘇格蘭相隔 23 年後重返大賽決賽圈，首場分組賽對捷克，落筆打三更，淨吞雙蛋，但就誕生了可能是本屆歐國盃的「最佳金球」。

　　下半場，捷克前鋒 Patrik Schick 轟出完美孤線吊球，蘇格蘭門將 David Marshall 欲救無從，梅開二度，同時當選比賽的「最佳球員」。賽後數據顯示，Schick 這記超遠距離吊射，以 49.7 碼刷新歐國盃最長距離進球紀錄，我們有幸見證了歷史性一刻。即使蘇格蘭擁有主場之利，當皮球飄進網內，全場內也鴉雀無聲，由衷佩服 Schick 的射術。

　　「上半場，我已留意到守門員的站位有點出，相信會有遠距離吊射的機會。」這名 25 歲鋒將目前效力德甲勒沃庫森。Schick 在義甲成名，曾效力桑普多利亞和羅馬，進球率不算高，單賽季最多只有 13 球，去年夏天以 2,650 萬歐元加盟利華古遜，各項賽事上陣 33 場，踢進 13 球，聯賽貢獻 9 球。

　　各有前因莫羨人，蘇格蘭缺席大賽多年，回歸本屆歐國盃，打法似乎十年如一日，技術、戰術等各方面仍像上世紀九十年代，依靠勤力、拚勁、硬朗跟對手周旋，進攻變化不大，相信要在小組突圍而出，難度極大。放遠點看，以前的社會可靠勤力白手興家，但時代變了，現代社會只有勤力，已難成大業了。

91.
Morata 與 Werner 肯定是惺惺相惜的最佳搭檔

文：嘉安

歐國盃 E 組，熱門之一西班牙登場，面對老人軍團瑞典，全場形勢一面倒，但最終互交白卷，屢失良機的射手 Alvaro Morata 再次成為眾矢之的。

首場小組賽，巴薩新星 Pedri 搶盡焦點，刷新狂牛歐國盃史上最年輕上陣紀錄，演出備受好評，反而老大哥 Morata 還是老樣子，每到關鍵時刻魂不附體，浪費了三次射門，其中一次是單對單面對瑞典國門 Robin Olsen，自然成為球迷嘲笑對象。

狂牛全場控球率達到 85%，射門總數達 17 次，Morata 打了 66 分鐘，患得患失，賽後還獲球隊總監辯護：「我們相信他，草皮質素有待改善。」這是中國人常說的「賴地硬」嗎？坦白說，Gerard Moreno 狀態更佳，本賽季打進 30 球，卻只有十多分鐘上陣時間，你叫他怎能不會酸溜溜？

有鄉民打趣表示，假如 Morata 和德國國腳 Timo Werner 組成搭檔，肯定會成為天下無雙的「浪費型鋒線」，讓對手心花怒放。不知道尤文或切爾西有沒有膽量試嘗撮合二人，說不定會是「負負得正」呢？

最後附上一個梗：Morata 於 2018 年在切爾西，馬競贏了歐聯盃；2019 年，他在馬競，切爾西贏了歐聯盃；2021 年，他在尤文目睹義甲連霸告終，然後馬競贏了西甲，切爾西贏了歐冠。

92.
名將之後薈萃歐洲盃

文：嘉安

　　延遲了一年舉行的歐洲盃決賽圈終於開打，24 支球隊都已經悉數亮相，本屆賽事的參賽球員當中，有六名球員是名將之後，其中五人的父親也曾經參與歐洲盃決賽圈，大家可以數出來是哪些球員呢？

　　好了不用這麼麻煩了，就等我現在說一遍吧，他們分別是義大利的 Federico Chiesa、瑞典的 Jordan Larsson、法國的 Marcus Thuram、丹麥的 Kasper Schmeichel、荷蘭的 Daley Blind 和西班牙的 Thiago Alcantara。這一屆賽事是 Chiesa、Larsson、Thuram 和 Blind 首次參賽，Chiesa 在揭幕戰大勝土耳其後備上場，Blind 則成為荷蘭後防大將，兩人均完成與父親一起征戰過歐洲盃的歷史。

　　Chiesa 的父親是 Enrico Chiesa，曾於 1996 年代表義大利出戰歐洲盃決賽圈，並在不敵捷克一戰取得進球，後來在打和德國一戰擔任正選。2020+1 歐洲國家盃決賽圈，兒子 Chiesa 都有為義大利上陣，而且在八強及四強中均取得關鍵進球。

　　瑞典的 Jordan Larsson 在本屆賽事並沒有上場機會，他的父親就是瑞典名宿 Henrik Larsson。Henrik Larsson 曾經參與過 2000、2004 和 2008 年三屆歐洲盃決賽圈，剛從斷腳陰霾復元的 Henrik Larsson 雖然沒能協助瑞典在 2000 年一屆晉級八強賽，也能在對義大利一戰取得進球。四年後他在足協邀請下復出參賽，並射進 3 球協助瑞典打進八強賽。 到了 2008 年，Henrik Larsson 再次於足協邀請下第二度復出參與歐洲盃決賽圈，並助攻予 Zlatan Ibrahimovic 射進希臘大門，可是瑞典還是無法晉級淘汰賽。

在眾多名將之子中，Marcus Thuram 的父親可說是最厲害，他的父親 Lilian Thuram 曾參與 1996、2000、2004 和 2008 年總共四屆的歐洲盃決賽圈，是法國第一個王朝的建立者，並於 2000 年協助法國奪得歐洲盃冠軍。到了 2008 年一屆，他在對羅馬尼亞一戰上場，成為首名取得 15 次歐洲盃決賽圈上場球員，第二仗面對荷蘭，他和對手門將 Edwin van der Sar 並列為歐洲盃決賽圈上場次數最多球員。可是因為該場比賽法國以 1：4 慘敗，令 Thuram 在對義大利的生死戰沒有上場機會，隨著法國輸掉比賽出局，Thuram 也退出國家隊，也失去追上 van der Sar 的最多上場次數球員紀錄的機會。

Kasper Schmeichel、Daley Blind 和 Thiago Alcantara 都是已經 30 歲或以上的老將，不過對於前兩者來說本屆賽事才是第一次參與歐洲盃決賽圈。Kasper Schmeichel 在 2012 年一屆也有入選，不過當時只是替補門將沒能上場，丹麥在上屆賽事沒能打進決賽圈，所以 Kasper Schmeichel 在首戰對芬蘭才完成歐洲盃決賽圈首戰，最終也協助丹麥打進本屆的四強。他的父親 Peter Schmeichel 在 1992 年協助丹麥奪得冠軍，及後在 1996 和 2000 年兩屆賽事都有參與，可是丹麥今非昔比下在分組賽便出局。

Daley Blind 則同樣因為 2016 年荷蘭沒能打進決賽圈，所以到了本屆賽事才首次亮相。他的父親 Danny Blind 在 1992 年只是替補中衛，在星光熠熠的陣容中沒有上場機會，到了 1996 年那一屆才以隊長身分率領球隊出戰。

　　至於 Thiago Alcantara 則是唯一在本屆賽事前已在歐洲盃決賽圈上過場的名將之後。他有分參與上屆決賽圈，不過只是在兩場比賽後備上場，在本屆賽事多場比賽都是替補上陣。他的父親從來沒參與過歐洲盃，或許應該說是沒有資格參與，因為他的父親是協助巴西奪得 1994 年世界盃冠軍的 Mazinho，所以他也是在這次大賽唯一沒能完成父子皆上過場佳話的球員。

93.
大聖爺Bale 坐上筋斗雲回來了

文：嘉安

　　上屆歐國盃超級黑馬威爾斯，終在本屆 A 組打開勝利之門，以 2:0 輕取土耳其。Gareth Bale 狀態回勇，大顯神威，看來「大聖爺」穿起國家隊戰衣，果然是神仙放屁，非同凡響。

　　今年 31 歲的 Bale 對土耳其時，先在上半場精準妙傳中場老搭檔 Aaron Ramsey，打開紀錄，戰至補時階段，再在底線發難，穿針引線，交給 Connor Roberts 鎖定 2:0 勝果。唯一美中不足的是，這名「歐洲紅龍」隊長操刀中操宴客，未能終止 12 場進球荒。

　　然而，Bale 精采的演出使他順利榮膺比賽的「最佳球員」，而且也在進球荒期間，為隊長製造了七次助攻，賽後在球場上讓全隊圍圈，他站在中間發表演說，一振軍心，充滿領導之風。事實上，Bale 主射十二碼向來甚穩，對上一次射失已是 2010 年 11 月，當時還是第一次效力熱刺，嶄露頭角。

　　這場比賽的 Bale 彷彿演繹了職業生涯的兩個階段，兩次漂亮當然是在熱刺時期的大熱大紫，相反，把十二碼踢飛了則是折射了在皇馬的苦澀生涯。江湖傳聞，他有計劃在歐國盃後掛靴，專心打高爾夫球，但願這不會真的發生。

94.
波蘭國腳 Szczesny 成為地獄「衰小王」

文：嘉安

　　所謂人有三衰六旺，但如果衰運一直纏住你不走，又該怎麼辦呢？波蘭門將 Wojciech Szczesny 堪稱「歐國盃倒霉熊」，非但成為歐國盃史上首位擺烏龍的守門員，過往的「黑歷史」仍被人談論至今。

　　小組賽首場對斯洛伐克，波蘭被看高一線，失球之前，尤文門將 Szczesny 已差點因撲救撞向門柱。18 分鐘，Róbert Mak 在左路發難，突進禁區，窄角度起腳，皮球撞向門柱後，在 Szczesny 的身體上反彈繼而溜進網內，欲哭無淚。波蘭原本有機會避免落敗，但追平之後，Grzegorz Krychowiak 領紅被逐，踢少一人，最終負 1:2。

　　波蘭不太走運，Szczesny 在歐國盃的歷史，更令人懷疑其八字有問題。上屆賽事，他在首場對北愛爾蘭時力保不失，小勝 1:0，但卻拉傷大腿，缺席餘下所有比賽。2012 年歐國盃，東道主波蘭首場對希臘，比賽到 68 分鐘時，他侵犯單刀的球員被紅被逐，也讓對手獲得十二碼……Szczesny 雖有豪門命，但卻欠大賽命。

　　不過，如果讀者是迷信的話，也許別怪 Szczesny 了，皆因尤文的衰氣才是「罪魁禍首」，之前土耳其中衛 Merih Demiral 已經送了烏龍，然後又有 Álvaro Morata 為西班牙上陣時錯失黃金機會，但願 C 羅不會因而被命運之神擺弄。

95.
球場又現咬人事件

文：嘉安

　　德法大戰最終以一個烏龍球決勝負，法國在德國主場耀武揚威。或許是因為按捺不住落後的情緒，德國守衛 Antonio Rudiger 竟然疑似 Luis Suarez 上身一般，乘著防守法國中場 Paul Pogba 的時候，竟然在 Pogba 背後咬了一口，令 Pogba 立即狀甚痛苦。雖然這畫面透過電視直播讓全世界球迷都看到，可是在場裁判卻沒看到，令 Rudiger 逃過一劫。

　　賽後 Pogba 表示當時已經知道對方咬他，不過因為不希望對方因此被逐離場所以沒有向裁判投訴。而且雙方在賽後還擁抱示好，看來這真的「是愛呀」！

96.
C 羅也要被查證件

文：嘉安

　　Cristiano Ronaldo（C羅）可說是現在其中一個最出名的足球明星，早前他在記者會挪開贊助商的汽水，令該贊助商的股價也隨之下跌。可是竟然有匈牙利人有眼不識泰山，在葡萄牙對匈牙利的比賽前追著準備進入球場的C羅，要求看清楚他的入場許可證才讓他進球場。當然這也可能是該保全叔叔盡心勞力，務求不讓任何可疑人士混進球場確保比賽安全，不過這可是C羅耶，還要追著核實他的身分，這會否有點搞笑呢？

97.
俄羅斯更衣室頒令「女人勿近」

文：嘉安

　　俄羅斯被公認為「戰鬥民族」，同時盛產美女，上屆主場世界盃，在看台上打氣的模特兒 Natalya Nemchinova 更被譽為「賽事最性感粉絲」。不過，來到本屆歐國盃，我們可能會大失所望。

　　俄羅斯總教練 Stanislav Cherchesov 頒令──嚴禁性感女郎進入更衣室，此時，球迷或許會有疑問，難道女生們之前可以進入更衣室「勞軍」？原來，前國腳 Dmitri Tarasov 的 35 歲妻子 Olga Buzova，日前在電視節目上暗示，有可能走進更衣室鼓勵國腳，但好意很快被 Cherchesov 拒絕。

　　被問到 Buzova 能進更衣室嗎？Cherchesov 答道：「我們不會讓迷人的女生進去，而且決賽圈期間，我不會看電視，但很高興大家會關心國家隊的前景。」俄軍首戰不敵比利時，第二輪面對芬蘭非勝不可，幸好最終小勝 1:0，保持晉級希望。其實，一個女人走進那麼多男生聚集的地方，好容易會有損失，就算人家批准，還是可免則免。

　　說回美絕世盃的 Nemchinova，本身是 2007 年莫斯科小姐冠軍，今年已經 30 歲，在世界盃爆紅後被成人網站踢爆，曾在 2016 年拍攝硬性和軟性謎片，令人目瞪口呆。

98.
球星紛紛移動贊助商飲品

文：嘉安

C 羅早前在記者會挪開汽水引起全球各界的廣泛討論，並引來一堆參與歐洲盃的球員在及後的記者會有樣學樣，坦白說已經看得有點膩了。最新的仿傚者便是烏克蘭的 Andriy Yarmolenko，這名西漢姆聯球員以進球協助烏克蘭擊敗北馬其頓後，在記者會也故意移動大會贊助商的汽水，不過他把另一贊助商的啤酒也拿來，跟記者們說汽水和啤酒「我全都要！」，算是模仿者當中有點創意的，至少他可能看過星爺的《九品芝麻官》，所以懂得小孩子才做選擇的真理吧。

只是破格的事，其實只有先行者做了才是天才，第一個仿傚者已經是庸才，其餘的人再來仿傚的話就是⋯⋯什麼呢？大家可以自行想一下。

99.
算不算是一場「詭異」的逆轉勝？

文：嘉安

　　歐國盃 B 組，比利時反勝丹麥 2:1，兩戰全勝，成為第二支篤定晉級淘汰賽的球隊，但翻看比賽數據，令人感覺有點「詭異」。

　　「歐洲紅魔」史上首次反敗為勝，全場控球率略高於一半，有 53%，射門卻只有六次，丹麥就有 22 次之多。比利時四次射門命中目標，就進了兩球，這是進攻效率的分野。

　　數據不是比利時贏球時的典型表現，兩個進球來自 Thorgan Hazard 和 Kevin De Bruyne，惟比賽的「最佳球員」卻是 Eriksen 的國米隊友 Romelu Lukaku。

　　兩個替補球員改變了比賽走向，皇馬球星 Eden Hazard 上場 31 分鐘，交出重要的助攻，傳球成功率達 92%。他此役在成功盤扭、單對單對抗和成功爭頂全部達到 100%，哪怕只是各一次，但表現也獲好評，至少比西甲亮眼得多。

　　打了 45 分鐘的 De Bruyne 傳球成功率七成多，但最重要是五次扭盤全部成功，四次長傳只有一次交失，又有助攻，又有進球。丹麥之敗，實為非戰之罪，十分努力，百分團結，萬分堅持，奈何球星與球員始終有別，成王敗寇最無情。

100.
英國沒有特事特辦，
爵爺「亂入」要回頭

文：嘉安

　　正常情況下，前曼聯總教練弗格森爵士無論走到哪兒，也會有紅地毯歡迎他，但是繼葡萄牙巨星 C 羅進場時被查證件後，本屆歐國盃再有「奇聞」，安保居然不讓爵爺的座駕進入停車場！

　　歐國盃世仇之戰，英格蘭主場與蘇格蘭悶和 0:0，和氣收場，但場外絕不和氣，超過兩萬名蘇格蘭人前往倫敦「宣示主權」，即使當中只有不足三千多人能進入溫布萊球場。

　　79 歲蘇格蘭傳奇主帥弗格森退隱多年，對足球的熱情絲毫不減，日前駕駛四個多小時到溫布萊為祖國打氣，準備駛進 VIP 停車場時被叫停，職員見到老人家拉低車窗，依然不為所動，拒絕「特事特辦」，只見爵爺露出驚呆表情，但還是不得不回頭。

　　報道沒有交代這名英超冠軍主帥，最終把車子停在甚麼位置，但肯定做夢也沒想過會被拒於千里之外。華人地方，見「臉」便有關係，往往是一種社會潛規則，但看來有些國家不吃這一套。

101.
出賣？
斯洛伐克門將 Dúbravka 造世紀烏龍！

文：嘉安

本屆歐國盃的烏龍球數字繼續破紀錄，「烏龍王」更在射手榜遙遙領先！

歐國盃 E 組，西班牙面對斯洛伐克，戰情詭異，Alvaro Morata 比賽初段操刀十二碼，被門將紐卡索聯門將 Martin Dúbravka 救出。

可是來到 30 分鐘，Sarabia 施放遠射，擊中橫楣，皮球彈高，Dúbravka 由英雄變罪人。他回身準備把皮球拍出底線時，竟然神推鬼搓把皮球拍進網內，造就狂牛首開紀錄，本屆烏龍球可真是一個比一個「漂亮」，觀眾無不笑到捧腹！

世事弄人，斯洛伐克的 Juraj Kucka 烏龍梅開二度，最終讓西班牙大勝 5:0，晉級後硬撼克羅地亞。斯洛伐克因得失球差被淘汰，目送瑞典出線。

所謂時也命也，狂牛賽前僅進一球，加上 Morata 宴客，士氣大受影響，若非突然有烏龍從天而降，可真是勝負難料啊！

102.
只享受過程，不在乎結果？

文：嘉安

歐國盃十六強誕生，有人歡喜有人愁，很多球迷也替匈牙利、斯洛伐克等球隊出局感到不值，再看一看以下這些數據的話，必然會更加難受。

過去三場小組賽，身處死亡之組的匈牙利表現出色，落後時間只是 3%（約八分鐘左右），更曾有 34%時間領先，慘成領先時間最多而出局的球隊；可以笑的話，不會哭！

相反，德國就明顯有點走運，因為他們落後的時間長達 59% 之多，而領先的時間僅僅只有 18%，難怪總教練臨別秋波依然被媒體口誅筆伐。至今，荷蘭、義大利、英格蘭、西班牙和瑞典從未試過落後，而領先時間最長的三隊分別是荷蘭、義大利和比利時。

「只享受過程，不在乎結果」這句話很動聽，但如果你是匈牙利粉絲，只曾見睹球隊落後八分鐘多，卻要小組出局，相信會是萬二分不是味兒。

103.
場面感人的送別禮

文：嘉安

　　北馬其頓在本屆歐洲盃始終沒有創造奇蹟，在最後一場分組賽以 0：3 不敵荷蘭後，正式以三戰皆北成績出局。為北馬其頓國家隊上場 20 年的 37 歲老將 Goran Pandev，也在踢完對荷蘭的比賽後結束國際賽生涯。

　　他在 68 分鐘被換下場的時候，獲國家隊隊友列隊歡送他，以示對這名北馬其頓國家隊史上進球最多的球員致敬，場面相當令人感動。除了自己人對他致敬，在場的荷蘭球迷也在他離場之際拍手致敬，而在比賽前荷蘭足協也特地派出前國腳 Clarence Seedorf 頒發印上 Pandev 名字的荷蘭隊球衣贈送給他，可見只要值得受尊重，無論是什麼國家或類型的人都會給予面子。

104.
正宗剋星，荷蘭對捷克領兩紅，對捷克前身領兩紅

文：嘉安

　　捷克名副其實是荷蘭剋星，過往交鋒成績勝多輸少，歐國盃十六強踢多一人之下，以 2:0 晉級八強。無巧不成文，荷蘭歷來對捷克被罰兩面紅牌，對捷克斯洛伐克也被罰過兩枚紅牌。

　　荷蘭在 2004 年 6 月 19 日歐國盃 D 組對捷克，憑 Wilfred Bouma 和 Ruud Van Nistelrooy 進球領先 2:0，但後勁不繼，連失 3 球，以 2:3 遭逆轉，當時守將 Johnny Heitinga 就獲得紅牌。

　　2003 年 9 月歐國盃資格賽，橘子兵團作客以 1:3 不敵捷克，唯一進球是中場 Rafael van der Vaart，但成敗關鍵是鐵血戰士 Edgar Davids 上半場領紅，導致球隊被罰十二碼，敗局無法挽回。

　　捷克前身是捷克和斯洛伐克共和國，1976 年歐國盃四強，他們仍未一分為二，卻能包辦全部進球，輕取荷蘭 3:1，賽果令人意外。雖然 Johan Cruyff 在陣，惟 Johan Neeskens 和 Wim van Hanegem 各罰被罰紅牌，剩下九人應戰，神仙也難救。

105.
長大了，別亂動別人的東西

文：嘉安

　　歐洲盃十六強賽事差不多踢完了，明天一覺醒來的時候，便只有八支球隊仍然有機會爭奪冠軍。本屆賽事到目前為止令人最深刻的除了是超級多的烏龍球，還有就是由 C 羅納度帶起來的移動汽水潮流。

　　在 C 羅移開贊助商的汽水後，法國的 Paul Pogba、蘇格蘭的 John McGinn 和烏克蘭的 Andriy Yarmolenko 都曾經因為不同原因而移動記者會的汽水，令歐洲足聯也要嚴正警告球員別再這樣做。

　　其實回頭想起來也是對的，畢竟那是人家的東西，球員們已經長大成人不是小朋友，又怎麼可能隨便亂動不屬於自己的東西呢？只是說起來以上提及過的球員當中，前三人都已經打包回家，烏克蘭則是八強止步，果真步其他「汽水移動大軍」成員的後塵？

105. 長大了，別亂動別人的東西

國家圖書館出版品預行編目資料

笑談足球 / 金竟仔、嘉安、戴沙夫　合著.　—初版.—
　臺中市：天空數位圖書　2021.09
　　面：14.8*21 公分
　　ISBN：978-986-5575-62-5（平裝）

863.55　　　　　　　　　　　　　　　　　110016258

書　　　　名：笑談足球
發　行　人：蔡秀美
出　版　者：天空數位圖書有限公司
作　　　者：金竟仔、嘉安、戴沙夫
編　　　審：亦臻有限公司
製 作 公 司：北極星有限公司
美 工 設 計：設計組
版 面 編 輯：採編組
出 版 日 期：2021 年 09 月（初版）
銀 行 名 稱：合作金庫銀行南台中分行
銀 行 帳 戶：天空數位圖書有限公司
銀 行 帳 號：006-1070717811498
郵 政 帳 戶：天空數位圖書有限公司
劃 撥 帳 號：22670142
定　　　價：新台幣 400 元整
電子書發明專利第　I　306564　號

紙本書編輯印刷：
電子書編輯製作：
天空數位圖書公司　E-mail：familysky@familysky.com.tw　http://www.familysky.com.tw/
地址：40255台中市南區忠明南路787號30F國王大樓　Tel：04-22623893　Fax：04-22623863